蓝色花诗丛

注视一只黑鸟的十三种方式
——史蒂文斯诗选

[美] 史蒂文斯 著

王佐良 译

人民文学出版社

图书在版编目（CIP）数据

注视一只黑鸟的十三种方式：史蒂文斯诗选/（美）史蒂文斯著；王佐良译.—北京：人民文学出版社，2018
（蓝色花诗丛）
ISBN 978-7-02-013570-7

Ⅰ.①注… Ⅱ.①史…②王… Ⅲ.①诗集—美国—现代 Ⅳ.①I712.25

中国版本图书馆CIP数据核字（2017）第307442号

出版统筹　仝保民
责任编辑　陈　黎
特约策划　李江华
特约编辑　杜婵婵
封扉设计　陶　雷

出版发行　人民文学出版社
社　　址　北京市朝内大街166号
邮政编码　100705
网　　址　http://www.rw-cn.com
印　　刷　三河市宏盛印务有限公司
经　　销　全国新华书店等
字　　数　180千字
开　　本　787毫米×1092毫米　1/32
印　　张　9.75
印　　数　1—6000
版　　次　2018年6月北京第1版
印　　次　2018年6月第1次印刷

书　　号　978-7-02-013570-7
定　　价　49.00元

如有印装质量问题，请与本社图书销售中心调换。电话：010-65233595

编者的话

"蓝色花"最早源于德国诗人诺瓦利斯的一部作品,被认为是浪漫主义的象征。蓝色纯净,深邃,高雅;蓝色花,是诗人倾听天籁的寄托,打磨诗艺的完美呈现。在此,我们借用上述寓意编纂"蓝色花诗丛",以表达诗歌空间的纯粹性。

这套"诗丛"不局限于浪漫主义,公认优秀的外国诗歌,不分国别、语种、流派,都在甄选之列。我们尽力选择诗人的重要作品来结集,译者亦为一流翻译家。本着优中选精、萃华撷英的原则,给读者提供更权威的版本,将阅读视野引向更高远的层次。同时,我们十分期待诗坛、学界和广大读者的建设性意见。

二〇一五年五月

目　　录

土里土气的逸闻 …………………………… 001
针对巨人的计谋 …………………………… 003
雪人 ………………………………………… 005
我叔叔的单片眼镜 ………………………… 007
威廉斯的一个主题的细微差别 …………… 016
这是圣·厄休拉夫人的肖像和一万一千个处女 … 018
日内瓦医生 ………………………………… 020
冰激凌皇帝 ………………………………… 022
六个有意义的风景 ………………………… 024
坛子轶事 …………………………………… 028
蛙吃蝴蝶。蛇吃蛙。猪吃蛇。人吃猪 …… 029
注视一只黑鸟的十三种方式 ……………… 031
一个士兵之死 ……………………………… 037

放荡的华尔兹的忧伤曲调 ……………………… 038

植物学家在阿尔卑斯山（一）……………… 041

植物学家在阿尔卑斯山（二）……………… 043

秋天的副歌 …………………………………… 045

带蓝吉他的人 ………………………………… 046

诗歌是一种破坏的力量 ……………………… 079

我们的气候之诗 ……………………………… 081

垃圾堆上的人 ………………………………… 083

回家的路上 …………………………………… 086

一只兔子做幽灵之王 ………………………… 088

穿晚礼服的女孩 ……………………………… 090

混沌的鉴赏家 ………………………………… 092

清晨写的诗歌 ………………………………… 095

俄罗斯的一盘桃子 …………………………… 097

一束紫光里的哈特福德 ……………………… 099

美人处世的花束 ……………………………… 102

黄颜色的下午 ………………………………… 105

有关现代诗歌 ………………………………… 107

论风景的充足 ………………………………… 109

女人看着一只插花的花瓶 …………………… 111

衣冠楚楚的男人蓄着胡须	113
有关明亮和蓝鸟和节庆太阳	115
针锋相对的论文(一)	117
针锋相对的论文(二)	119
上帝是善。这是美丽的夜晚	121
隐喻的动机	123
没有负鼠,没有小甜头,没有马铃薯	125
邪恶的美学	127
人越来越少,哦蛮荒之灵	148
飞行员的坠落	150
灵与肉的残骸	151
带东西的人	153
市民卑微的死	155
肚子里的鸽子	157
夏天的凭证	159
为至高虚构作注	169
它必须改变	185
它必须给予快乐	200
秋天的曙光女神	217
故事中的插曲	234

大瀑布的孤独 ………………………… 238
　极的诗是抽象的 ……………………… 240
　　下的玫瑰花束 ……………………… 242
阳光下的女人 …………………………… 244
没有什么特别之处的世界 ……………… 246
魔法少女球菌 …………………………… 248
所见如所思 ……………………………… 250
问题即言辞 ……………………………… 252
事物的常识 ……………………………… 254
生活的智慧玩具 ………………………… 256
可能之事的序曲 ………………………… 258
固定和弦之歌 …………………………… 261
世界即是沉思 …………………………… 263
长而迟钝的线条 ………………………… 266
宁静平常的生活 ………………………… 268
深藏情人的最后独白 …………………… 270
石头 ……………………………………… 272
并非有关事物的想法而是事物本身 …… 278
当你离开房间 …………………………… 280
病人 ……………………………………… 282

一个细节的过程 ……………………………… 284
春天的鸽子 …………………………………… 286
不带吉他的告别 ……………………………… 288
一个儿童在自己的生命中熟睡 ……………… 290
两封信 ………………………………………… 291
本地的物件 …………………………………… 295
人造的人口 …………………………………… 297
晴朗的天和无记忆 …………………………… 299
七月山 ………………………………………… 300
仅仅是存在的 ………………………………… 301

土里土气的逸闻

每逢公鹿们啪嗒啪嗒
走过俄克拉荷马,
一只火猫就毛发竖立挡在道上。

不管走到哪儿,
公鹿们都啪嗒啪嗒,
直到它们突然转向
沿着一条快捷的弧线
向右转,
因为那只火猫。

或者直到它们突然转向
沿着一条快捷的弧线
向左转,

因为那只火猫。

公鹿们啪嗒啪嗒
火猫跳跃着行进,
向右,向左,
仍然
毛发竖立挡在道上。

后来,那只火猫闭上它明亮的眼睛
睡了。

针对巨人的计谋

第一个女孩

当这个乡巴佬嘟嘟囔囔走过来,
一边磨快他的砍刀,
我应当冲到他面前,
把天竺葵和没有气味的花卉
最世俗的气味都散布开来。
这将会阻止他。

第二个女孩

我应当冲到他面前,
用缀满鱼卵大小的各色斑点的
花布搭起拱形的大棚子。

这些线条
会让他羞愧。

第三个女孩

哦,穷……穷人!
我应当冲到他面前,
带着一种神奇的噗噗声。
那么他就会弯下腰来听。
我就从一个喉音世界里
轻轻发出天空的唇音。
这会阻止他。

雪　人

一个人须有一份冬之心情，
去凝视冰霜和被雪壳
包裹的松树枝丫；

并忍受长时间的严寒
去观看挂满冰碴的桧柏，
在一月遥远的太阳闪烁的

光线下云杉毛毛糙糙；风声中
在稀疏的叶子飒飒之声中，
他不去想任何痛苦之事，

那是大地之声
处处是同样的风

它席卷着同一个光秃秃的地方

因为那个听者，他正在雪中倾听，
无关他自身，他谛视着
不在场之无和那在场之无。

我叔叔的单片眼镜

一

"天之圣母,云之女王,
哦,太阳的权杖,月亮的王冠,
并非一无所有,不,不,从不一无所有,
就像两个词厮杀冲撞的边缘。"
所以我用宏大的尺度嘲笑她。
或许我只不过是嘲弄了自己?
我但愿我可能是一块思想的顽石。
泛泡沫的思想之海又兜售
她这闪闪发光的泡泡。然后
从我体内一口更咸一点的倒灌的
深井,喷出它水淋淋的音节。

二

一只红鸟飞过那金色的地板。
正是这只红鸟在风和湿和翼的
合唱队中搜寻他的合唱队。
他找到时一股激流将从他身上倾泻而下。
我该把这皱巴巴的东西弄平整吗？
我是个财富男人向继承人致意；
因为我突然想到我因此向春天致意。
欢迎合唱的这些合唱队对我就是告别。
没有春天能够跟随过去的子午线。
然而你却坚持用传闻的极乐
让人相信一种如繁星般的知识。

三

那么，纯属无所事事，那些中国老头
坐在他们的山泉边梳妆
或在扬子江上设计他们的胡须？
我不应玩弄那把平的历史标尺。

你知道喜多川歌麿①的那些美人们如何
在她们多花式的辫子中搜寻爱的目的。
你知道巴斯②那些山一样的发式。
哎哟！难道所有的理发师都白活了
以至于没有一个自然的卷发传承下来？
为何，对于那些勤学的幽灵毫无怜悯之心，
难道你从睡梦中醒来时头发滴着水吗？

四

这甘甜且无可挑剔的生命之果
落下，它似乎因其自身重量落地。
如果你是夏娃，在它天堂的果园的氛围中，
它的刺激的汁是甜的，未曾品尝的。
一个苹果用作那本从头到尾
通读的书，跟任何头骨一样好，
它近于完美，它由那些像头骨一样的
东西编写，它们腐朽并回到地里。

---

① 喜多川歌麿，日本江户时代的浮世绘画家。（本书注释均为译者注。）
② 巴斯，英国埃文郡东部的小城。

但它远胜于此,比如那爱之果实,
在一个人仅为消磨时光而阅读之前
它是一本疯狂之书,不能卒读。

五

在西方天空燃烧着一颗愤怒之星。
对那些火辣的男孩那星固定不动
而对气息甜美的少女则与她们亲近。
爱的烈度的测量
是尺度,也是大地神韵的测量。
在我看来,萤火虫迅捷的电光般的一闪
慢吞吞地滴答过一年多的时光。
那么你呢?记住那些蟋蟀如何
从它们的母亲草里出来,像小亲属,
在那些苍白的夜里,当你的第一个意象
发现你对所有尘土的契约的迹象。

六

如果人们年届四十要画湖泊

这朝生暮死的各种蓝色必须为他们合为一体，
这基本的暗蓝灰色，这通用的色彩。
在我们体内有一种物质流行。
可在我们的桃色事件中好色之徒辨认
此种涨落不定以致他们的捉刀
令人屏息去伴随每一个古怪的转折。
当好色之徒越来越明目张胆，桃色事件于是
收缩进内省流亡的
指南针和课程，讲座正在进行。
这是仅为风信子的一个主题。

七

天使们骑驴缓缓地沿着
烈焰熊熊的关隘而来，从太阳以远的地方。
它们叮叮当当渐渐低落的铃声传来。
这些骑驴者对他们的道路十分挑剔。
与此同时，百夫长们哄笑和击打
在桌板上发出尖叫声的单柄大酒杯。
这个寓言，在意义上，等于：
天空的宝贝可能来或可能不来，

可是地上的宝贝却即来即去。
可能这些信使在他们的列车里带着
被永恒的花朵衬托的一位少女。

八

我像一个呆板的学究，在爱中关注
触发一种新心情的古色古香的外表。
它来了，它开花，它结果并死亡。
这个微不足道的比喻揭示真理的一种方式。
我们的繁花已逝。我们是开花的果实。
两个金古德①在我们的静脉上肿胀，
我们像长疣的西葫芦那样悬挂，条纹鲜明，光彩
　熠熠，
在秋季的天气里，与霜花同耀眼，
被强壮的肥硕弄得歪歪斜斜，变得奇形怪状。
哈哈笑的天空会看见我们中的两个
被腐烂的冬雨冲洗成皮。

---

① 金古德，海地货币单位。

九

诗歌狂躁多动,充满喋喋不休,
被哭喊声、撞击声放大,迅速而响亮
就像人垂死的思想在战争中
实现他们的命运,来赞颂
四十岁的信仰,丘比特的病房。
最受尊敬的心,最强烈的妄自尊大
对于你无边的欲望并非过于强烈。
我挖苦所有的声音,一切思想,所有的一切
为帕拉丁①的音乐和风度
制作适合的祭品。我该去哪儿找
配得上这首伟大颂歌的华丽乐曲呢?

十

奇思异想的花花公子在他们的诗里留下了
神秘兮兮夸夸其谈的大事记,

---

① 帕拉丁,查理大帝的十二武士之一。

本能地浇灌他们沙砾的土壤。
我是个自耕农,当这样的伙计们走的时候。
我不知道什么神奇的树,什么分泌香脂的树枝,
什么银红色,金朱砂色的果子。
可是,不管怎样,我知道一棵树结着
与我内心里的一样的东西。
它巨人般竖立,有一根树梢
所有的鸟儿时常都适时到来。
可它们走后那树梢依然是树的梢。

十一

假如性就是一切,那么每一只颤抖的手
会让我们像玩偶一样,尖叫着发出渴求的词语。
可要提防命运没有良心的背弃,
那使我们痛哭、大笑,嘟囔和呻吟,并且咋呼
悲切的英雄史诗,因为发疯或欢快
手舞足蹈,全然不顾
那第一的,最要紧的法律。痛不欲生的时光!
昨夜,我们坐在一个粉红色的池塘边,
用闪耀铮亮的铬光的百合花剪切,

渴望星光的光点，而一只蛙正从它的
腹腔里咕咕地发出让人恶心的弦乐。

十二

一只蓝鸽子它，在蓝色的天空中绕着圈子，
在长侧翼上，绕啊绕啊绕啊。
一只白鸽子它，扑腾到地面上，
越来越厌倦于飞翔。像一个黑乎乎的拉比[①]，我
年轻时，在贵族式的研究中，观察着，
人的天性。每天我发现，
在我假装斯文的世界里人原来是一个片段。
后来，像一个玫瑰色的拉比，我钻研过，
并继续钻研，爱的起源
和过程，可是直到现在我从不知道
那些扑腾的东西竟有这么清晰的一个影子。

---

① 拉比，犹太的法学博士。

威廉斯的一个主题的细微差别

这是一种神奇的勇气
你给予我的,古老的星:

在日升中孤零零地闪耀
对它,你未给予助力!

— 一 —

孤零零地闪耀,赤裸裸地闪耀,青
　铜般闪耀,
既不映照我的脸也不映照我存在的
任何内部,像火一样闪耀,不映出
　任何东西。

二

对以自己的光弥漫你的
人性不要给予一丁点助力。
不要做早晨的吐火女怪,
半人,半星。
不要做一个报信者,
像一个寡妇的鸟
或是一匹老马。

这是圣·厄休拉夫人的肖像和一万一千个处女

厄休拉,在花园里,发现了
一畦小萝卜。
她跪到地上
把它们采集起来,
四周放上鲜花,
蓝色,金色,粉红,和绿色。

她穿上红色和金色的锦缎
在草丛里献上一份祭品
由小萝卜和鲜花组成。

她说,"我亲爱的,
在您的祭坛上,

我供上了
雏菊和罂粟,
还有玫瑰,
它们虚弱得像四月的雪;
可是这儿,"她说,
"没有人会看见,
我做了一份祭品,在草丛里,
小萝卜和鲜花的祭品。"
接下来她哭了
因为害怕主会不接受。

仁慈的主在他自己的花园搜寻
新的叶子和氤氲的色调,
它们是他唯一的心思。
他听到了她低声的和弦,
半是祈祷而半是小调,
他于是感到一种微妙的战栗,
那可不是上天的爱,
或怜悯。

这未被记载
在任何书中。

日内瓦医生

日内瓦的医生在沙地上盖上戳记
这奠定了太平洋暴涨的需水量,
他拍拍他的烟囱管礼帽,拽拽他的披肩。

湖中陆地的人从未受到过
这样滚滚滔滔汹涌的大瀑布袭击,
除非拉辛①或博须埃②顶住此类袭击。

他没有畏缩不前。一个如此习惯于用铅锤
校正天空的人面对这些可见的
滔滔不绝的泛滥不感到畏惧,

---

① 拉辛(1639—1699),法国剧作家。
② 博须埃(1627—1704),法国散文作家,大主教。

然而尚未找到办法纾解他郁积的心情
它正在晕眩并随着荒野的、废墟残余的
玄奥符号嘶嘶作响，

直到他的城市尖塔哐当一声
跳进一个非市民的世界末日。
这医生用了他的手帕，叹了口气。

冰激凌皇帝

叫那个卷大雪茄的人，
那肌肉强健的，吩咐他
在厨房的杯子里搅拌性欲的凝乳。
让荡妇们穿着她们平常
穿的衣服游来荡去，让小伙子们
把鲜花包在上月的报纸里带来。
让"是"作为"好像是"的压轴戏。
唯一的皇帝是冰激凌皇帝。

从那个松木柜子里拿，
那少了三个玻璃球把手的柜子，拿出那块
她绣了几只扇尾鸽的裹尸布
把它摊开正好能盖住她的脸。
如果她长老茧的双脚凸出来，就能

看出来她有多冷，多哑。
让那盏灯附上它的光线。
唯一的皇帝是冰激凌皇帝。

六个有意义的风景

一

一个老人坐在
中国一棵松树的
影子里。
他看见飞燕草,
蓝色和白色的,
在影子的边缘,
在风中移动。
他的胡须在风中飘动。
那棵松树在风中摇动。
因此水
流过草地。

二

黑夜的色彩
是一个女人手臂的颜色:
夜,那女性,
模模糊糊,
芳香和柔软,
隐藏了她自己。
一个池塘波光粼粼,
像一个手镯
在舞蹈中摇曳。

三

我靠着一棵大树
测量我自己。
我发现我高得多,
因为我一直够到太阳,
用我的眼睛;
我还一直够到了海边

用我的耳朵。
然而，我讨厌
那些蚂蚁在我的影子里
进进出出爬行的样子。

四

当我的梦靠近月亮的时候，
它的长袍白色的褶皱
就充满黄色的光。
它的脚底
变成红色。
它的长发充满
某种蓝色的结晶体
它们来自星星，
并不远。

五

并不是所有灯柱的刀，
也不是那些长街的凿子，

抑或大教堂和高塔的
木槌,
都能雕刻
一颗星星能雕刻的形象,
从葡萄叶丛中透出光辉。

六

理性主义者,头戴方形的帽子,
在方形的房子,思考,
眼睛看着地板,
眼睛看着天花板。
他们把自己限制在
直角三角形内。
如果他们要试试长菱形,
锥形,波浪形,椭圆——
例如,半月的椭圆——
理性主义者就会戴上阔边帽。

坛子轶事

我放了个坛子在田纳西，
圆圆的坛子，置于一小山。
它让未开垦的荒地
围绕着那小山。

荒芜向着它隆起，
在四周滋生，不再狂野不羁。
圆圆的坛子在大地
高高地俨然有傲气。

它的管辖无处不在。
坛子灰不溜秋无光彩。
它未养育鸟儿和荆棘，
就像在田纳西是唯一。

蛙吃蝴蝶。蛇吃蛙。
猪吃蛇。人吃猪

真的,河流像猪一样用鼻子嗅着往前拱,
用力拽拉河岸,直到它们好像
在困倦的河床里咕噜咕噜的腹音平和了,

空气变得沉重因为这些猪的呼吸,
浮躁的夏天的呼吸,沉重
还因为噼里啪啦的雷声,

人建造了这间小屋,种植
这块土地,并照料了它一阵子,
却不懂得意象的巧合,

他懒散、寡淡的日子里的时光,

这种河岸边的嗅探的荒唐，
这种困倦和噼里啪啦的雷声，

似乎要在他寡淡的存在上哺育它们自己，
就像这些猪一样的河流，在它们
向着出海口的流动中哺育它们自己。

注视一只黑鸟的十三种方式

一

在二十座雪山中,
唯一在动的东西
是那只黑鸟的眼睛。

二

我有三个心灵,
像一棵树
树上有三只黑鸟。

三

那黑鸟在秋风中打着转。
那是哑剧的一个小片段。

四

一个男人和一个女人
是一个。
一个男人和一个女人和一只黑鸟
是一个。

五

我不知道我更喜欢哪个,
是曲折变化的美
还是含沙射影的美,
那只黑鸟鸣着哨音
或仅是模仿。

六

冰凌挂满了长长的
有野蛮玻璃的窗子。
黑鸟的影子
来回穿过它。
心情
在影子里追踪到
一个难以破解的原因。

七

哦,哈达姆的瘦男人们,
你们为什么要想象金色的鸟?
你们没看见那只黑鸟
怎么围着你们身边的
女人的脚散步吗?

八

我熟悉高贵的口音
和流利的,不可忽视的格律;
但是我也知道,
那只黑鸟也纠缠上
我知道的事儿了。

九

当那只黑鸟飞出了视线,
它标记下多个
圆圈之一的边缘。

十

一看见那些黑鸟
在绿光里飞,
即使嗓音悦耳的妓女
也会尖声大叫起来。

十一

他乘着一辆玻璃马车
驶过康涅狄格。
突然,一种恐惧慑住了他,
在恐惧中他误把
他的马车的影子
当成了黑鸟的。

十二

河水在流动。
那只黑鸟也必定在飞。

十三

整个下午都是夜晚。
天在下雪
并且正要下雪。

那只黑鸟坐在
雪松的枝叶里。

一个士兵之死

生命缩减而死亡是预料之事,
如在一个秋的季节里。
那士兵倒下了。

他未变成一个三天的人物,
显耀他的离去,
招来虚荣。

死亡是决绝的并未有纪念,
如在一个秋的季节里,
当风停了,

当风停了,而经过整个天空,
云,仍然
朝着自己的方向去。

放荡的华尔兹的忧伤曲调

事实是,一个时间到来
此时我们不能再哀悼音乐
那是如此一动不动的声音。

一个时间到来,此时华尔兹
不再是一种欲望的时尚,一种揭露
欲望的时尚以及种种空洞的影子。

太多的华尔兹终止了。然后
是一个心胸山一样大的宏,
对于他,欲望绝不是华尔兹的欲望,

他在孤独中找到了所有的形式和秩序,
对于他形状绝不是人的形体。

现在，对于他，种种形式已烟消云散。

秩序既不在海也不在太阳。
形状已失去它们灼灼的光辉。
现在是这些突然出现的杂乱人群，

这些突如其来的面孔和手臂的乌云，
一种巨大的压抑，释放，
这些嗓子喊叫着却不知道为何，

除了为取乐，却不知道如何取乐，
庄严宏大的形式他们不会描述，
要求的秩序他们无法表达。

太多的华尔兹已经终结。然而那些
嗓子为之喊叫的形状，还有这些，可能就是
欲望的时尚，揭示欲望的时尚。

太多的华尔兹——怀疑的史诗
高喊得更频繁并且马上，将会马上持续不断。
某种和谐的怀疑论马上在一种怀疑论音乐中

将把这些人的形体和它们的形状合为一体
将重新与运动一起闪闪发光,那音乐
将是运动并且充满阴影。

植物学家在阿尔卑斯山(一)

这一幅幅全景图可不是他们看惯
的样子。
克劳德已经死了很久
省略号在索道上是禁止的。
马克思毁了自然,
到目前为止。

而我自己,我曾靠叶子过活,
所有那些云的走廊,
云一样的思想的走廊,
看上去几乎都一样:
我不知道是什么。

可是在克劳德一个人

(在一个靠在柱子上的世界里,
通过拱门看就是这样)
多么靠近那中心构图,
那实质性的主题。

在下列这些中的构图是什么:
斯德哥尔摩在一束纤细的光中很纤细,
一条亚德里亚海岸在上升,
雕像和星星,
没有一个主题?

柱子都倒在地上,拱门憔悴,
旅馆是木板钉的,空无一人。
然而绝望的全景图
不会是这欣喜若狂的
气氛的特征。

植物学家在阿尔卑斯山(二)

女修道院屋顶上的各个十字架
在太阳升起时刺眼地闪着微光。

在下面的,在过去,就像
昨夜的蟋蟀,在远远的下面,

而高高在上的在过去
确信无疑是所有的天使。

未来为什么要跃过云层,
天空之海湾,被照亮,被染蓝?

唱吧,哦忠诚地唱,在你的路上
唱久远的天体死亡之诗;

因为谁能忍受这地球
如果没有诗,或者没有

一种更泥土味的形式,叽叽咕咕,
就像那些十字架,在闪闪发光,

并且仅有它们的闪光,
仅有的快乐的一面镜子?

秋天的副歌

傍晚的吱吱嘎嘎和涂涂抹抹消失了，
连鹩哥也飞走了，还有太阳的忧伤，
这太阳的忧伤也远去了……这月亮和月亮，
有关那只夜莺的话语的黄月亮
在无边无际的尺度中，不是一只为我的鸟
而是一只鸟的名字和无名的空气的名字
我从未——也绝不会听到。然而在下面
一切事物的寂静不复存在，保持寂静，
保持并坐着寂静，有种什么东西，
某种吱吱嘎嘎和涂涂抹抹的残留存在，
并嚓嚓地磨那夜莺的这些遁词
尽管我从未——也绝不会听到那只鸟。
寂静在这个音调中，它的一切都在其中，
寂静都在那个凄凉的声音的音调中。

带蓝吉他的人

一

那个男人弯腰在他的吉他上,
有点像个剪子工。那一天是绿色的。

他们说,"你有一把蓝吉他,
你弹的不是事物的原样。"

那个人回答,"事物的原样
在这把蓝吉他上改变了。"

他们于是说,"那么弹吧,你必须弹
我们之外,然而是我们本身的调子,

这把蓝吉他上的调子
完全照事物的原样。"

二

我不能带来一个很圆的世界,
尽管我尽量修补得圆一点。

我唱一个英雄的头,大眼睛,
古铜色胡须,但不是一个人,

尽管我尽可能修补他
并通过他几乎称得上人。

如果对小夜曲几乎对人一样
据此就是遗漏了事物的原样,

说的是弹一把蓝吉他的
那个人的小夜曲。

三

啊,可是要弹人第一,
在他心里开那牵引机,

把他的头脑放在板上
把那有毒的颜色剔除,

把他的思想横钉在门上,
它的双翼伸展到雨和雪,

击打他活生生的嗨和嗬,
骂它,摇晃它,把它变真,

从野蛮的蓝色冲撞它,
刺激琴弦的金属之音……

四

生活即是如此,于是:事情依照原样?

它在蓝吉他上找到出路。

一百万人齐聚于一根弦丝?
所有他们的举止全在于一事,

所有他们的举止,对或错,
所有他们的举止,强或弱,

各式感情疯狂、狡诈地嘶鸣,
像蝇群在秋空中齐声嗡嘤,

那是生活,于是:事物依照原样,
那蓝吉他的这种嗡嘤。

五

别跟我们说诗歌的伟大,
别说火炬在地底下扎成一束,

也别说一个光点上的
墓穴结构。在我们的太阳里没有影子,

白天是欲望而夜晚是睡眠。
各处都没有影子。

地球是为我们的,它平坦赤裸。
没有影子。诗歌

胜过音乐必须取代
一无所有的天空及其赞歌,

在诗歌中我们自身必须取代它们,
甚至在你的吉他的喋喋不休中。

六

一个音调超越了我们之原样,
然而那蓝吉他却原模原样;

我们自身在音调中犹如在空间,
然而一切未变,除了这地点

事物如其原样只是这地方,
你弹拨它们,在这蓝吉他上,

调整了,所以,超出变化之范围,
被看作在一个最后的氛围;

仅仅一时的最后,以艺术的
思维方式似乎是最后

以神的思维却是冒烟的露珠。
音调即是空间。那蓝吉他

变成了事物之原样的地点,
那个吉他诸感官的组建。

七

正是太阳分担了我们的工作。
月亮丝毫未分担。这是一个海。

我何时该来说说太阳,

这是一个海;它丝毫未分担;

太阳不再分担我们的工作
而地球与蹑手蹑脚的人活着,

机器甲虫从来不那么暖和?
那我应当站在太阳里,如同

现在我站在月亮里,称它为善,
纯洁无瑕的,充满同情的善,

与我们分离,与事物之原样分离?
不要做太阳的一部分?要站得

远远的并称它为富有同情心的?
蓝吉他上的弦是冷的。

八

这生动的,绚丽的,饱满的天空,
湿淋淋的雷声隆隆滚动,

早晨沉浸在夜的寂静里，
云层的明亮喧腾不息，

在寒冷的合唱中感觉沉郁
像激动的歌队挣扎而去，

在云层中嘶叫，被空中
金色的对手激怒——

我知道我懒惰，铅一般沉闷
就像一场风暴中的理由；

然而它却让一场风暴孕育。
我把它弹拨而出离它而去。

九

而那色彩，空气中
那密布的蓝，蓝吉他在其中

是一个外形,看得见但是很难,
我仅仅是一个影子躬身于

箭一般、静寂的弦,
一个事物的制造者正待被制造;

色彩像一种思想出自
一种心情,出自演员

那悲剧的长袍,一半是他的姿势,一半
是他的语句,即他含意的外套,丝绸

浸透了他忧郁的词语,
他的舞台,他本人的阴晴寒暑。

十

竖起深红色的圆柱。把钟敲响
并拍打那些装满锡的空腔。

把纸扔在大街上,死者的遗嘱,

庄严在其印章之中。

而美丽的长号——注视
他的靠近,没有人相信他,

所有的人都相信他,所有的人都相信
一节卧铺车里的一个异教徒。

在那蓝吉他上滚一只鼓。
从尖塔上向外俯身。大声喊,

"我在这儿,我的对手,我
正面对着你,呼这一流的长号,

不过心里有一点点痛苦
一点微不足道的痛苦,

永远是你的结局的序曲,
推倒人群和岩石的轻触。"

十一

岩石上的常春藤慢慢
变成了岩石。女人们变成

城市,儿童变成了田野
而波涛中的男人变成了海。

这正是合唱制造的假象。
海回复到男人们中间,

田野俘获了孩子们,砖块
是杂草,所有的蝴蝶被抓住,

没有了翅膀了无生气,但都活着。
嘈杂声只不过夸大了而已。

更深地陷入腹腔的时间之
黑暗,时间在岩石上成长。

十二

手鼓,这是我的。蓝吉他
和我是同一个。管弦乐队

把高高的大厅填满乱糟糟的人
与大厅一样高。所有的人说,

众多漩涡般的噪音减少
到他彻夜未眠的呼吸。

我了解这种胆怯的呼吸。我
从何处开始和结束?当我

弹拨那东西,我在何处
捡起那郑重地宣称

它自身不是我但又
必须是我之物。它不可能是别的。

十三

浅色侵入蓝色
是腐败的苍白……哆来咪,

蓝色的芽或漆黑的花。满足吧——
展开,扩散——满足于成为

那纯洁无瑕的低能的幻想曲,
蓝色世界的纹章中心,

与一百个下巴一起流畅优美的蓝色,
好色之徒的形容词发烧……

十四

起先是一道光,又一道光,接着
上千道光在天空放射。

每一道既是星又是轨道;白天

是它们气氛的财富。

海贴上它的破布条的色彩。
海滨是蒙蒙雾霭的岸。

有人说一盏德国的枝形吊灯——
一支蜡烛足以照亮世界。

它使世界清澈。即使在正午
它在绝对的黑暗中发光。

夜里,它照亮水果和葡萄酒,
书籍和面包,事物如其原样,

在一种明暗对照的图画中
人坐着弹那把蓝吉他。

十五

毕加索的这幅画,这幅《毁灭的
总和》,一幅我们自己的画,

现在,也是我们社会的一幅肖像?
我坐着,变得畸形,一个裸蛋,

死死抓住 Good – bye,收获季的满月,
而没见收获,或没见月?

事物的原样已被毁灭。
我呢?我是一个死在

一张桌子边的人,桌上的饭已冷?
我的思想仅仅是记忆,不是活的?

地板上的污渍,酒或者血
或不论它可能是什么,是不是我的?

十六

地球不是地球而是块石头,
不是母亲在人掉下来时接住他们

而是石头，而是像一块石头，无非
母亲，而是一个压迫者，而是像

一个压迫者，他妒忌她们因为他们的死，
就像妒忌那活着的因为他们活着。

要活在战争中，要靠战争活着，
要砍掉那闷闷不乐的《诗篇》，

改造耶路撒冷的下水道，
给神像头上的光轮充电——

在圣坛上放蜂蜜然后去死
你们恋爱者在心里很苦。

十七

此人有一个模具。但不是
它的动物。那些天使般的人

谈论灵魂，谈论心灵。它是

一头动物。那蓝吉他——

在那上面它的爪子提议,它的翅膀
表达它荒废的时日。

那蓝吉他是一个模具?那外壳?
哦,无论如何,北风吹

一个喇叭,喇叭上它的胜利
是一条毛虫在一根草上谱曲。

十八

一个梦(称它为一个梦)在梦中
我相信,面对客观事物,

一个梦不再是一个梦,一个事物,
事物之原样之事物,就像蓝吉他

在某些夜晚长时间乱弹之后
给予感官触觉,不是手的触觉,

而是那些感官当它们触摸
风的光泽。或是当天光到来,

像光在悬崖的一种反射中,
从一个从前的海向上升起。

十九

我可以把那魔鬼化作
我本人,然后可能是我本人

面对着那个魔鬼,不止于成为
它的一部分,不止于它的鬼琵琶之一的

魔鬼般的弹拨者,并非孤零零
一个,而是化掉并成为那魔鬼,

两个事物,这两个合二为一,
并弹拨那魔鬼的和我自己的鬼琵琶,

或最好完全不是我自己的,
而是那魔鬼的,它的智力

是成为那琵琶中的狮子
在狮子被锁进石头之前。

二十

生活中有什么,除了一个人的思想,
好的空气,好朋友,生活中有什么?

我相信的不正是思想吗?
好的空气,我唯一的朋友,相信,

相信可能是一个满怀爱的
兄弟,相信可能是一个朋友,

比我唯一的朋友更友好,
好的空气。可怜苍白,苍白的吉他……

二十一

诸神的一个替代者:
这自我,并非那高高在上的金自我,

孤零零的,其影子被放大,
躯体的主宰,向下俯瞰,

如现在和过去称为最高,
彻科鲁瓦①的影子

在一个更大的天堂里,高高在上,
孤零零的,大地之主和

生活在大地上的人之主,高高的
主的自我和人的大地之山脉,

没有影子,没有宏伟壮观,

---

① 彻科鲁瓦,美国新罕布什尔州的旅游胜地。

肉体，骨头，尘土，石头。

二十二

诗歌是诗篇的臣民，
诗篇从诗歌中发放

并回归于此。这两者之间，
在发放和回归之间，

事实上有一个空缺，
即事物之原样。或我们如是说。

但这些是各自独立的吗？这是
为诗篇留的一个空缺，它在此获得

其真实的面貌，太阳之绿色，
云之红色，大地的感觉，天空的思考？

它索取于此。也许它给予，
在普遍的交流中。

二十三

几个最终解决方案,像一个殡仪员的
二重奏:一个声音在云端,

另一个在地上,这一个是苍天
之声,另一个则是酒的味道,

苍天之声居高临下,殡仪员歌声的
嘹亮在雪地里

呼吁花圈,在云端
之声安详而终极,其次

那哼哼的气息安详而终极,
那想象的和真实的,思想

和真理,虚构和写实,一切
混乱都得以消解,如同在一首副歌里

一个人年复一年地弹拨,
有关事物之原样的本性。

二十四

一首诗如同从烂泥中找到的
一本弥撒书,一本那个年轻人的弥撒书,

那个学者如饥似渴得到那本书,
那本书,或者少一点,一页书

或最少,一个句子,那句子,
一只生命之鹰,那拉丁文的句子:

要知道;一本忧伤景象的弥撒书。
要直视那只鹰眼并退缩

不是为那只眼而是为它的快乐。
我弹琴。可这就是我思考的。

二十五

他把世界托在他的鼻子上
以这一方式他浅尝辄止。

他的礼服和信条,哎呀呀——
以那一方式他快速旋转那事物。

像冷衫般抑郁,水猫
无声无息溜进草丛。

它们不知道草丛周而复始。
猫有了猫而草变成黄色

而世界有了更多世界,哎,这一方式:
草变青了,草又变黄了。

那鼻子是不朽的,那一方式。
事物过去的原样,事物现在的原样,

事物未来之未来之未来的原样……
一个肥胖的拇指敲出哎呀呀。

二十六

这世界在他的想象中洗涤，
这世界是一个岸，不论声音还是形式

抑或光，告别的遗迹，
石头，告别之回声的石头，

他的想象返回至此，
从此它加速，空间的一小节，

堆放在云层上的沙子，与行凶的
字母搏斗的巨人：

蜂拥的思想，不可进入的
乌托邦的蜂拥的梦想。

一种山岳般的音乐似乎

总是在下坠并在离去。

二十七

是海让屋顶变白。
海漂流过冬天的空气。

北风制造的正是海。
海在正下着的雪中。

这黝黑正是海的幽暗。
地理学家和哲学家,

关注。但对那只咸味的杯子,
但对屋檐上的冰凌——

海是嘲笑的一种形式。
冰山底座讥讽

恶魔不能成为它自身,
奔波于转换那转换中的布景。

二十八

我在这世上是本地人
并在此像一个本地人那样思考,

杰苏①,不是一个心灵的本地人
那心灵思考我称之为自己的思想,

本地人,这世界的一个本地人
并在此像一个本地人那样思考。

它不可能是一个心灵,那波,
湿淋淋的草在波中流动

并像一张照片一样被定格,
照片中枯叶在风中吹着。

在此我吸入更深厚的力量

---

① 杰苏,罗马著名的巴洛克风格的教堂。

我说和行,正如我是

事物的样子正如我认为的样子
并说它们在蓝吉他上。

二十九

在大教堂,我孤零零坐在那里,
阅读一本简朴的评论并说,

"这些墓穴里的品尝
违背过去和节日。

越出这大教堂,在外面的,
与婚礼的歌相抵消。

所以要坐着并抵消事物
一直到一直到一直到寂静点,

要说一个面具它就像一个面具,
要说另一个它就像另一个,

要知道这种抵消并不安分,
说那面具很奇怪,尽管很像。"

那些形状错了而声音是假的。
钟声是公牛的哞哞叫。

然而方济堂从来都只是他本人
不比这个丰饶的玻璃杯里的更多。

三十

从这里我应进化一个人。
这是他的本质:这老木偶

把他的披巾挂在风之上,
像某种舞台上的东西,气喘吁吁,

他昂首阔步研究了几个世纪。
最后,尽管他器宇轩昂,他的眼睛

在一根支撑沉重缆线的
杆子的横梁上翘起,甩过

奥可西地亚①,陈旧的郊区,
它所有分期付款的一半已支付。

露珠晶莹剔透华而不实,
从机器上方烟灰厚厚的烟囱闪耀。

注意看,奥可西地亚是种子
从这个琥珀余烬的豆荚中掉出,

奥可西地亚是火的烟灰,
奥可西地亚是奥林匹亚。

三十一

那山鸡睡得多久起得多晚……

---

① 奥可西地亚(Oxidia),作为地名未查到确切的存在,但在墨西哥和意大利均有 Oxidiana 的地名,从上下文看,可能是作者从氧化物(Oxide)想象出来作为地名的。

雇主和雇员搏斗,

博弈,创作他们滑稽的故事。
咕咕的太阳会咕咕冒泡泡,

春天闪闪发光而公山鸡尖叫。
雇主和雇员会听见

并继续他们的故事。尖叫会
摇晃灌木丛。这里没有地方,

因为云雀固定在心灵里,
在天空的博物馆里。公鸡

会用爪子扒拉睡眠。早晨不是太阳,
它是神经的这种姿态,

仿佛一个迟钝的演奏员抓紧了
蓝吉他的细微差别。

它必定是这首狂想曲或无,

这事物之原样的狂想曲。

三十二

扔掉那些光,那些定义,
说说你在黑暗中看见了什么

那就是这或那就是那,
但不要用那些烂掉的名称。

你怎么能在那个空间行走
并对空间的疯狂一无所知,

对它滑稽的生殖一无所知?
把那些光扔掉。在你和你

采用的形状之间必须是无,
当那个形状的外壳被摧毁。

你是你的原样?你是你本人。
蓝吉他让你感到惊讶。

三十三

那代人的梦,陷在
烂泥里,在周一肮脏的光线里,

它就是那样,他们所知唯一的梦,
时间在它最后的区段,不是时间

来了,而是两个梦的一次争辩。
时间的面包将来这儿,

这儿是它现实的石头。那面包
将是我们的面包,那石头将是

我们的床而我们在夜里应该睡觉。
在白天我们该忘记,除了

那些时辰我们选择了弹拨
想象的松木,想象的鲣鸟。

诗歌是一种破坏的力量

那就是痛苦之含义,
心里要一无所有。
要么有,要么一无所有。

这是一样要有的东西,
一头狮子,一头公牛在他胸中
感觉到它在那里呼吸。

科拉松,强壮的狗,
年轻的公牛,弓形腿的熊,
他尝尝它的血,不尝唾液。

他像一个人
在一个凶暴的野兽的躯体内。

它的肌肉都是他自己的……

狮子在太阳里睡觉。
它的鼻子放在爪子上,
它能杀死一个人。

我们的气候之诗

一

一只晶莹闪亮的碗里盛着清水，
粉红和白色的康乃馨。房间里的
光线更像一场雪后的空气，
映射着雪光。一场新下的雪
在冬的尾声，此时午后回归。
粉红和白色康乃馨——有人欲求
远多于此。日子本身
被简化：一碗白色，
寒冷，一只寒冷的瓷碗，低而圆，
一点也不比那里的康乃馨更多。

二

说即使这个彻底的简化
抽取了一个人的所有痛苦之一,隐藏了
那邪恶地复合的、生气勃勃的我
并使之在一个白色世界上复苏,
一个清水的、边缘光亮鲜明的世界,
一个人仍然想要更多,一个人需要更多,
远多于一个白色和雪香味的世界。

三

那永不安分的心将仍然存在,
所以有人想要逃避,回到
曾经如此悠久地平静安宁的世界。
不完美即是我们的天堂。
注意,在这种痛苦中,快快乐乐吧,
既然不完美在我们心中如此灼热,
赖在有瑕疵的词语和硬邦邦的声音中。

垃圾堆上的人

白天悄然退下。月亮悄然升起。
太阳是一只花篮而月亮则是几片
空白,一束花。嘀嘀……垃圾堆上堆满
各色形象。日子唰唰过去就像印刷机里吐出纸。
一束束花就从这些纸里来到这儿。太阳如此,
月亮如此,两个都来,而看门人每日的
诗作,梨罐头的包装纸,
纸袋里的猫,紧身胸衣,爱沙尼亚来的
盒子;老虎的胸部,为喝茶。

夜色之清新已清新很长时间。
早晨的清新,白天的风吹,有人说
它的喘气就像康涅利乌斯·尼波斯读书,它喘气
更甚于,不及于他,或它喘气像这或像那。

眼睛里的各种绿色滋味,在各种绿色滋味中的
露珠像罐头里的清水,像一只椰子上的
海——有多少男人复制露珠
做纽扣,有多少女人用露珠覆盖
自己的身体,露珠套装,露珠钻石和项链,
最华丽的花蕊用最露的露珠做凝露。
有人越来越讨厌这些东西除了在垃圾堆上。

现在春天时节(杜鹃花,延龄草,
桃金娘,荚莲花,黄水仙,蓝福禄考),
在那令人作呕与此之间,在垃圾堆上的
东西之间(杜鹃花等等)
以及将要在垃圾堆上的(杜鹃花等等),
有人感觉到那越发纯洁的变化。有人抵制
这垃圾。

　　正当那时月亮悄然升到了
巴松管的噗噗声之上。正当那时,
有人看着一个个轮胎染上了象牙色。
一切都被遗弃;月亮像月亮那样升起
(它所有的影像都在垃圾堆中)而你看起来
如同一个人(并不像一个人的影像),

你看见月亮升上空无一物的天空。

一个人坐着敲打一个旧锡罐,猪油桶。
一个人敲打并搜索一个人所信之物。
那正是一个人想要接近之物。它会不会只不过
是其自身,优越感如同耳朵
对乌鸦的聒噪一般?夜莺折磨耳朵,
包裹心脏并抓挠心灵吗?耳朵在暴躁的
鸟群里安慰它自己吗?它是安宁,
它是哲学家的蜜月,一个人
在垃圾堆上发现的吗?是否必须坐在死者的
垫子、瓶子、锅、鞋子和杂草中间并念叨"最惬意的
 夜晚";
是否必须听鹩哥的唠叨并说
"看不见的牧师";是否必须驱逐日子,
把它扯碎并叫喊"把我的石头分成诗节"?
人第一次听到的这个真理是在何处?这这。

回家的路上

正当我说,
"没有真理那样的东西。"
这时葡萄看上去更饱满了。
狐狸窜出了它的洞穴。

你……你说,
"有很多真理,
但它们并非一个真理的组成部分。"
于是那树,在夜里,开始变化,

透过绿色冒出烟并冒蓝烟。
我们成为林子里的两个人形。
我们说我们孤零零地站着。

正当我说,
"词汇并非一个单词的组成形式。
在各部分的总和中,仅有各部分。
世界必须用肉眼测量";

正当你说,
"那些偶像见到过很多贫困,
蛇和金子和虱子,
但没见过真理";

正在那时,沉默变得最大
也最长久,夜变得最圆,
秋天的香味最温暖,
最亲近也最强。

一只兔子做幽灵之王

在一日之末思考很困难，
当凌乱的影子覆盖太阳
除了你皮毛上的光别的荡然无存——

有只整日贪喝它的奶的猫，
肥猫，红舌头，绿心肠，白色奶
八月是最平安的月份。

要成为在草里，在最平安时间的猫，
没有猫的纪念碑，
被遗忘在月亮里的猫；

要感觉那光是一抹兔子之光，
其中的一切都是要给你的

一切无须任何解释;

于是一切无须思考。它源于自身;
东向西冲而西往下冲,
都无关紧要。草里全是

全是你自身。周围的树是给你的,
夜的整个的广阔归你,
一个自我触及所有边缘,

你成为一个容纳夜之四角的自我。
那只红猫在皮毛的光中隐匿
而你在那里被托起,被托高,

你被托得越来越高,黑得像石头——
你坐着你的头就像空间里的一个雕刻
而那只小绿猫是草里的一只甲虫。

穿晚礼服的女孩

灯关了。暗影四起。
看一眼天气。
整个春天都是蓬蓬勃勃,
一支副歌从林荫大道的尽头传来。

这是夜的宁静,
这是不可动摇之物,
充满星光和星的映像——
还有蓬蓬勃勃的冷淡和呆滞,

像一个踉跄,一个坠落和一个终结,
一遍又一遍,总是没个完,
很多厚重的大鼓和铅制的喇叭,
被情感领悟而不是感官,

物体的旋转不断碰撞。
诗句!然而是恐惧和厄运之诗句。
此夜本该温暖,而吹长笛者的好运
应在早晨到来时在林子里演奏。

那里曾是,夜的安眠,
是一个地方,坚强的地方,在那里入眠。
那里现在动摇了。它将烈焰喷发,
不是现在就是明天或是这一天之后。

混沌的鉴赏家

一

甲、一种暴力的秩序是无序;而
乙、一种伟大的无序即是一种秩序。这两者
其实是同一。

二

如果过去的春天所有的绿色都是蓝,那么现在也是;
如果过去南非的花在康涅狄格州的
桌子上都鲜亮,那么现在也是;
如果过去英国人在锡兰①生活不喝茶,那么现在也

---

① 锡兰,即现在的斯里兰卡。

不喝；
如果过去一切都进行得井然有序，
那么现在也是；一条内在的对立、
本质的统一的法则，像葡萄酒一样令人惬意，
像一根树杈的描边画一样令人愉悦，
一根向上的、特别的树杈，在，比方说，马尔尚①。

三

无论如何生与死的对比
证明这些对立物合而为一，
至少，当主教的著作分解世界的时候，
那是理论。我们不能返回到那个时代。
这些蠕动的事实超出了有鳞片的心灵，
如果有人这么说的话。然而关系出现，
一种小的关系膨胀得像云
在沙地上的阴影，在一座小山坡上的影子。

---

① 马尔尚，在加拿大马尼托巴省。

四

甲、那么,一种旧秩序是一种暴力的秩序。
这说明不了什么。只要再多一个真理,在真理的
巨大的无序中多一个因素。
乙、我写的时候正是四月。经过几天
持续的雨之后风刮个不停。
所有这些,当然,很快就会进入夏天。
可是想一想真理的无序终究会到达
一种秩序,最金雀花王朝①的、最确定不移的……
一种伟大的无序即一种秩序。现在,甲
和乙并不像雕像,摆好姿势
陈列在卢浮宫里。它们是用粉笔
画在人行道上的涂鸦以便让沉思的人看见。

五

那沉思的人……他看见鹰飘摇
因此艰深难懂的阿尔卑斯山是一个孤单的巢。

---

① 金雀花王朝,英国历史上的王朝(1154—1485)。

清晨写的诗歌

一个晴天的完整的普桑尼亚那[①]
将日子与自身分离。日子是这或那
并什么也不是。
　　　　　你用隐喻画
一个事物。因此,菠萝是一种皮革水果,
一种用于白镴的水果,带刺,有掌状的角,蓝色,
由冰人端上来。
　　　　　感官用隐喻
作画。汁液比最湿的
桂皮更香。正是筛过的梨
滴下早晨的汁。

---

① 普桑尼亚那,尼古拉·普桑(1594—1665),法国画家,作者可能从普桑引申出"普桑尼亚那"这个词。

真实情况必定是
你没看见，你体验，你感觉，
那健美的眼睛只不过把它的元素
带给整个事物，一个无形的巨人被迫
向上运动。
　　　　　　绿色是那头上的发卷。

俄罗斯的一盘桃子

我动用整个身躯品尝这些桃子,
我触摸它们并闻它们。谁在说话?

我吮吸它们如同一个安陆人
吮吸安陆。我看它们就像一个情人看,

像一个年轻的情人看春天最初的萌芽
也像一个黑西班牙人弹他的吉他。

谁在说话?但那必定是我,
那头野兽,那个俄罗斯人,那个流放者,对于他

那小教堂的钟声引起了心声的
共鸣。桃子都又大又圆,

啊!又红;它们有桃子的茸毛,啊!
它们多汁且皮是软的。

它们有我的村子的色彩斑斓
还有温和的天气,夏天,露水,安宁。

房间是宁静的,它们就在里面。
窗子是开着的。阳光洒满

窗帘。即使窗帘的滑动,
轻轻地滑动,也惊扰我。我原本不知道

此种凶残能够把一个自我
从另一个自我中撕裂出去,就像这些桃子那样。

一束紫光里的哈特福德

你早就在进行从勒阿弗尔①
到哈特福德的旅行,索莱尔②大师,
带来挪威的光及所有那一切。

那大洋早就与你同来,
把海水掀起,像一只卷毛狗,
泼溅起连绵不绝的成千上万的水珠,

每一颗水珠都是细微的三色。为此,
帕萨迪纳的大婶们,记得,
憎恶西方的马的泥塑,

---

① 勒阿弗尔,法国北部濒临英吉利海峡的城市。
② 索莱尔,法文"太阳"。

博物馆的纪念品。可是，大师，那里有
光的男性和光的女性。
这种紫色的，这种女用阳伞，

这种歌剧的舞台灯光是什么？
它像一个充斥狗吠的区域。
它是在一束紫光中见到的哈特福德。

一刻之前，光男性，
在工作，用巨大的手在城镇上，
编排它英雄的姿态。

可现在如同在女人的绯闻中
紫色把紫遍布四周。看，大师，
看那河，那铁道，那大教堂……

当男性光落在城镇赤裸的
背上，那河，那铁道便清晰可见。
现在，每一块肌肉都松弛了。

嗨！掸了它，卷毛狗，扫除那大洋的

飞沫，在那彩虹色的大块岩礁，
石头的花束上，永葆鲜亮。

美人处世的花束

一

唯她一个是紧要的。
她制作了这花束。很容易说
修辞的各种格,即她为何
选这种暗色调的、特别的玫瑰。

二

花束中的一切即是她自身。
而叶子的鲜嫩,色彩的
燃烧,皆华而不实的变化,
均出自光和露珠的变化。

三

他曾多么经常地行走在
夏天和天空之下
为把她的影子收进他内心……
可悲的是那不是她。

四

天空太蓝,大地太宽广。
她的思绪带她去云游。
她在别的某物中的形式
却远远不够。

五

她在这儿的映像,然后在那儿,
是另一个影子,另一种规避,
另一种拒绝。如果她无处不在,
那么她对于他,各处皆不在。

六

但这是她做的。如果这是
另一个镜像,这正是她做的。
他想要的唯有她,想要直视她,
某个他要面对面看见并知道的。

黄颜色的下午

唯在泥土中
他才在事物和他自身的
底部。在那里他可以说
这个是我,这个是主教,
这个是我提问时那个的回答。
这个是哑的,那最后的雕像
在其周围沉默叠加着沉默。
寄托于春天的都相同
而寄托于秋天的,则有树荫和古铜色。

他说我因有这所以我可以爱,
诚如一个人爱可见的、可信赖的和平,
诚如一个人爱其自身的存在,
诚如一个人爱的那是爱的结束

并且必须被爱,诚如一个人爱的,其自身
是在一个整体中的一部分,
一个整体即是一个人所爱之生命,
因此一个人活过的全部生活构成了
战争的致命的整体之生命。

一切都朝他而来
从他的田野的中心。泥土的
气息比任何言辞更深地穿透。
在那里他触摸到他的存在。在那里他即是
他的所在。所有这些想法他已在男人中间
找到,还在一个女人那里找到——她让他屏息——
可是他回来了如同一个人现在从太阳里回来
黑暗中躺在一个人的床上,紧挨一张没有
眼睛或嘴的脸,它看着一个人并说着话。

有关现代诗歌

心灵的诗篇在行动中发现什么
将足够。它并非总是不得不
去发现:布景已搭好;它重复着剧本里的
内容。
      于是剧院被改变成
别的东西。它的过去仅是一件纪念品。

它不得不活下去,去学会当地的话语。
它不得不面对当代的男人并迎合
当代的女人。它不得不考虑战争
它不得不发现什么将满足需求。它不得不
搭建新的舞台。它不得不在那个舞台上
并且,像一个贪得无厌的演员,慢悠悠地
并沉思着,说着在耳朵里的词句,

在心灵的最精致的耳朵里，精确地
重复着，那些它想要听见的，对于它的
声音，一个不可见的观众听着
并非听那戏剧，而是其本身，用一种
似乎是两个人的情绪表达，似乎
两种情绪合二为一。那演员是
黑暗中的形而上学家，拨弄着一把乐器，
拨弄着一根金属丝的弦，它发出
声音穿透那些突然的正确性，完整地
包含着心灵，在其下它不能下降，
在其外它没有意愿上升。
    它必定
是一种满足的发现，并可能
是一个男人在滑冰，一个女人在跳舞，一个女人
在梳头。心灵之行动的诗篇。

论风景的充足

小猫头鹰飞过黑夜,
仿佛人们在空中
受到惊吓而他①惊吓了他们,
因它经由空中,

人们转过身来
避开那明亮的、散漫的羽翼,
避开中心事物
幸运圣徒,哎哟嗷咿,

也不在他们空荡荡的心里感觉
那血色般太阳的殷红,

---

① 他,在这里指猫头鹰。

退缩到一种迟钝,
小小的健忘之中,

在远离对疼痛敏感的人们
最渴望的钻石之日,
当公鸡们醒来,抓挠它们的窝
要再次

因此而转向公鸡的人
因此而转向一日之始和树
和在黑夜的躯体背后的光
和太阳的人,仿佛

这些过去是,他们现在依然是,这最刺眼的太阳:
这最刺眼的自我,这敏感之地,
他们依然是的范围,
他们所交换之力,

因此他遭受种种欲望之苦
数那只红鸟和最强大的天空为最——
并非那在空中之人所闻
那只小猫头鹰在飞。

女人看着一只插花的花瓶

雷霆似乎采用了钢琴的
形式,那时:正值太阳
和天空的粗鲁和嫉妒的崇高
在花园里自行解体,就像
风在鸟群中消散,
云彩变成扎辫子的姑娘们。
它就像大海再次倾倒而出
在东风中拍打夜的百叶窗。

呜呜,小猫头鹰在女人心里,深蓝色
如何变成叶子和萌芽中的
特别颜色,而红色
被轻轻弹成空气的碎片和微粒,
变成——这中心的,本质的红色如何

逃脱了它巨大的抽象，首先
变成了夏天，稍后
变成了桃子和有点黑的梨的各侧面。

呜呜，那些非人的色彩如何落到
她身边的地方，她所到之处，
就像人的和解，更像
一种更深刻的复交，一个行动，
一种摆脱猜疑的肯定。
这种粗鲁和妒忌的无形
成为事物的形式和芳香
没有洞察力，却贴近她。

衣冠楚楚的男人蓄着胡须

在最后一个否定之后一个肯定到来
未来的世界立足此肯定之上。
否定是黑夜。肯定即是当前的太阳。
如果被排斥之事物,被拒绝之事物,
滑过西方的大瀑布,然而有一个,
仅有一个,一个事物是牢固的,即便
它并不比一只蟋蟀的角大,也比不上
整日里念叨的一个想法,一个
必须靠话语才能维持的自我的话语,
但有一个事物还在,坚实可靠,那么
足矣。啊!那个事物的温柔之乡!
啊!温柔之乡,甜甜蜜蜜在心里,
绿色在躯体,出自微不足道的字词,
出自一件所信之事,一件确定之事:

枕头上的图案在人睡觉时哼着小调，
在哼小调的屋子上有光环笼罩……

心灵永不满足，永不。

有关明亮和蓝鸟和节庆太阳

有些东西,宝贝,有些东西就像这个,
此刻在它们自身它们自得其乐
你和我即是这样的东西,哦太可悲了……

在某一刻它们自得其乐且是一种元素的
一部分,它对我们却是最苛刻的元素,
在其中我们宣称快乐就像我们自己的一个词。

它就在那儿,残缺不全,与这些东西
以及博学之人同在幸福中,我们对此
一无所知,却沾沾自喜并思考

而不费思考之劳,在那个元素中,
有一刻,我们以另一种方式感觉,

仿佛我们之外曾有一种显而易见的科学，

一种愉悦现正在进行，不仅仅是知道，
那愿望要并还要彻头彻尾地相信，
由惊讶激起一阵大笑，一个呼应。

针锋相对的论文（一）

现在葡萄在藤上长得毛茸茸的。
一名士兵在我门前走。

各蜂箱被蜂房压得沉甸甸的。
门前，门前，在我门前。

蛇成群盘踞在各穹顶上，
圣徒们穿着鲜亮的大袍光彩照人。

门前，门前，在我门前。
影子在一堵堵墙上变得暗淡。

房屋的空空荡荡重现。
一束酸的阳光洒满座座大厅。

门前，门前。血迹玷污橡树林。
一名士兵昂首阔步在我门前走。

针锋相对的论文（二）

中秋一个化学的下午，
当大地和天空的宏大构成非常接近时，
此时甚至连刺槐的叶子也都黄了，

他把周岁的儿子扛在肩上走着。
阳光照耀，狗吠，婴儿睡着了。
那些叶子，甚至刺槐的叶子，绿色的刺槐。

他想要并寻找着一个最终的庇护所，
从冬天狂轰滥炸般的宣告
和烈士们的时尚。他走向

一种抽象，太阳，狗，男孩
是它的轮廓线。寒冷正战栗漫天翱翔的天鹅。

落叶纷纷如一架钢琴的键。

这种抽象突然出现重又消失。
黑人们在公园里踢足球。
他所见的抽象,像刺槐的叶子,平平淡淡:

从前提出发,所有的事物皆是结论,
那高贵的,亚历山大的诗韵。蝇子
和蜜蜂还在搜寻菊花的香气。

上帝是善。这是美丽的夜晚

观看四周,棕色的月亮,棕色的鸟,当你
　升起要飞翔,
观看头上四周,齐特拉琴
在地上。

观看你四周,当你开始要升起来,棕色的
　月亮,
看看书和鞋,凋谢的玫瑰
在门旁。

这是你昨夜来的地方,
你飞近它,飞向它,没有飞离开。
再重来。

在你的光里，头在说话。它在读书。
它又成为学者，寻找天国的
约会地，

从锈迹斑斑的弦上拨出纤纤之音，
从夏天的残余里挤出殷红的
芳香气。

从你火焰的翅膀落下令人崇敬的歌。
你的时代伟大空间的歌撕碎了
新的夜。

隐喻的动机

你喜欢它在秋天的树下，
因为一切都已经半死。
风如跛足者在树叶里挪移
重复着无意义的词语。

以同样的方式你乐在春天里，
四分之一的植物色彩仅有一半，
那明亮一点的天空，云层消散，
那单飞的鸟儿，那朦胧的月光——

朦胧的月光照着一个朦胧的事物的
世界，它们再不会被充分地表达，
你在那里你自身也不再是充分的自身，
你什么也不想要也不被强求，

你渴望令人振奋的变化:
隐喻的动机,从正午的
重量退缩,
这存在的 ABC,

讨厌的脾气,红色和蓝色的
锤子,刺耳的声音——
钢撞击通告——耀眼的闪光,
这要命的,傲慢的,致命的,主宰的 X。

没有负鼠,没有小甜头,
没有马铃薯

他不在这儿,这老太阳,
就像我们入睡一样缺席。

田野上冻了。叶子干枯。
衰败是这光线里最后的景象。

在这萧瑟的空气中,断裂的叶柄
只有胳膊没有手。它们有肢干

却没有腿,或因此,没有头。
它们有头,在头中一个被俘者的哭叫

不过是一个舌头的活动。

雪花像目光一样闪闪落向大地，

像看着落叶缤纷飘散。
落叶飞舞，刮擦着地面。

这是一月之尾声。天空阴郁沉重。
茎干坚固地扎根在冰里。

正是在这种孤寂里，一个音节，
出自那些笨拙的飞动，

吟咏着它孤单的空旷，
这最最恐惧的冬之声。

在这儿，在这衰败中，我们接近
善的认知最终的纯净。

乌鸦起飞时显得迟钝。
他眼中的恶毒却炯炯有光……

有人在那里与他结伴，
但是在远处，在另一棵树。

邪恶的美学

一

他在那不勒斯写一封封家信
并在写信的间歇,阅读论崇高的
章节。维苏威火山已经咕哝了
一个月。坐在那里真快乐,
最淫荡的闪光忽隐忽现,
投射在玻璃各个角上。他能够描述
那声音的恐怖,因为那声音
是古典的。他想要记住那些诗行:痛苦
在正午可闻,痛苦折磨自身,
痛苦在痛苦的极点上扼杀痛苦。
火山在另一个天空颤抖,
如同躯体在生命终结时颤抖。

几乎已是午餐的时间。痛苦是人。
冷清的咖啡馆里有玫瑰。他的书
确定了大多数正确的灾难。
除了我们,维苏威可能会在坚固的
火中消耗极大量的泥土并知道
无痛苦(忽略唤醒我们起床去死的
公鸡们)。这是崇高的一部分
我们由此退缩。然而,除了我们,
毁灭时整个的过去觉得没什么。

二

在一个金合欢树生长的小镇,夜晚
他躺在阳台上。鸟儿的鸣啭变得
太暗,太远,太多苦恼的睡眠的
特点,太多可能适时组成它们
自身的音节,传达
他们绝望的智慧,表达
冥想从未真正达到的境界。

月亮升起，似乎它逃脱了
他的冥想。它躲避了他的心灵。
它是始终凌驾于他之上的威权的
一个部分。这月亮总是悠游于他，
就像夜悠游于他一样。阴影触摸他
或仅仅似乎触摸他，当他唠叨
他在空间发现的某种挽歌：

天空对这痛苦漠不关心
尽管金合欢树黄澄澄的，空气中
它们的香味仍然沉重地悬浮
在灰蒙蒙的夜。它对这种自由，
这种威权漠然置之，它在
自身的幻觉中从未看见那些
拒绝了它的，如何在最后又拯救它。

三

他坚定的诗节如一个个蜂房悬于地狱
或像地狱的东西，因为现在天空和地狱
已为一体，而这儿，哦，是不信教之地。

错误在于一个过于人化的神,
他通过怜悯使自己成为一个人
并且让人无可分辨,当我们因为

受苦而痛哭,我们最古老的父,
心的民众的同辈,这最红的主,
他在经验中远远在我们之前。

假如他不是这样怜惜我们,
减弱我们的命数,让我们免于各种
大大小小的苦难,始终与命运结伴而行,

一个过于,过于人性的神,自我怜悯的亲属
和不令人鼓舞的创世纪……似乎
仅有世界的健康可能已足够。

似乎只要有平常的夏天的蜂蜜
可能已足够,只要金色的梳子
作为生计自身的一部分已足够,

似乎大家如此宣扬的地狱已消失，
似乎痛苦，不再是邪恶的装模作样，
即使有，我们似乎肯定已找到自己的路。

四

根据属性分类的花卉图书。
包罗各种花卉。那是感伤主义者。
当B在钢琴前坐下来并弹一个
透明度，在其中我们听见音乐，制作音乐，
在其中我们听见透明的音乐，他演奏了
各种音调吗？或者他仅在与之相关的
一种狂喜中演奏了一种，
一个单声的各个全音中的变音，
这最后的音，或那些音如此单一，它们似乎
　是一个？

然后是那玫瑰的西班牙人，那玫瑰
花冠高耸，血色殷殷红，他把那玫瑰
从自然拯救出来，每次他看见它，制作它，
如同他看见它，存在于他自己特殊的眼睛里。

我们能想象他拯救得少一点,
想象他错过把情妇当成她的几个女佣,
想象他放弃他最赤裸的赤足打情骂俏的
激情?……这不幸的天才
并非一个感伤主义者。他是
那邪恶,在自我中的那邪恶,从这邪恶
在绝望的圣徒般的、凌乱的姿态中,
责任脱落在一切之上:心灵之
天才,它是我们的存在,错上加错,
躯体之天才,那是我们的世界,
在心灵虚假的约会中度过。

五

温柔地让所有真正的同情者来,
不发明悲伤或超出发明的
抽泣。在我们允许之范围内,
在实实在在的,温暖,亲近之内,
如此伟大的统一,它成为极乐,
把我们与我们之所爱连接。为这熟悉的,
在父亲眼里的这位兄弟

在母亲嗓子里说了一半的这位兄弟
和这些盛装,这些东西透露,
在存在的至爱的亲爱者最小的
目光里,这些朦胧的光辉,我们拒绝
哀悼,自愿把游行中的

炫耀锁进更昏暗的折边。
靠近我,再近一点,摸着我的手,组成
亲密关系的语句,已说过两遍,
一次由嘴唇说,一次由中心感官
代劳,这些细节的意义比
云层,慈善,很多遥远的头更大。
这些在我们允许之范围内,吧内
贫困的高雅对吧外的
太阳,吧内保留的特色
我们曾给它们穿上金色的外套
以及金外套的绣花的记忆
以及金外套的绣花的记忆的
吧外花卉和节日焰火,
在我们成为完整的人并了解自己之前。

六

太阳，在小丑般的黄色中，却不是小丑，
让白昼臻于完善，然后退去。他居于
一个尽善尽美之初，但仍渴望
至善至美。为那太阴月
他做了最轻柔的探究，意在
一种变形，但端详时，却显示
是歪的。空间充满着他
拒绝的年份。一只大鸟啄着他
当食物。这只大鸟对骨头的喜好
与太阳一样贪得无厌。这鸟
从其自身的缺陷中飞起
从青绿色叶子掉下来的
黄色果实的黄花上觅食。在太阳的
风景里，它喜粗食的胃口不那么粗了，
然后，纠正之后，仍有它的惊人偏好，
它的闪光，它从整个天空的视角
对宁静的放纵进行的占卜。

无论他在哪儿，太阳都是国土。那鸟
在最明亮的风景里向下旋转着
蔑视每一个干瘪下去的成熟，
避开发红的点，不满足于
一个小时或季节或长时期里沉眠
在背靠它挤作一团的乡村色彩中，
因为那黄色的草人之心仍然巨大，
仍然允诺抛弃完美。

七

士兵的伤口是多么红的玫瑰，
很多士兵的很多伤口，所有已经
阵亡的士兵的伤口，血色的红，
时代的士兵，永恒地长成巨大的形体。

一座山，在其中从未找到舒适，
除非对更深的死亡的麻木不仁
就是舒适，站在黑暗中，一座众影的小山，
在此，时代的士兵得到永生的安息。

众影的同心圆四周,它们自己的部分
一动不动,然而在风之上移动,
在时代的红色士兵在他床上的
永生的睡眠中形成神秘的卷绕。

在高夜里他战友们的影子
团团围绕着他,夏天为他们呼出
它的香气,一种沉重的嗜睡,为他,
为时代的士兵,它呼出夏天的睡眠,

在其中他的伤是好的因为生命曾是好的,
他没有一部分是死亡的一部分。
一个女人用手揉揉她的额头
时代的士兵平静地躺在那动作之下。

八

撒旦之死对于想象力
是一个悲剧。根本的
否定在他的宫室里摧毁了他,
与他一起的,还有很多蓝色的现象。

这并非他预见的结局:他知道
他的复仇制造了后代的
一次次复仇。而否定是偏心的。
它与儒略·凯撒的雷电云无关:
那行刺的闪电和隆隆声……他被否定。
幻影,你留下的是什么?地下有什么?
在何处活着即不足以
活着?你们走,可怜的幻影,没有地方
像银色被包裹于目光的剑鞘里,
当眼睛闭上时……当幻影消失,
震惊的现实主义者第一次
看到现实,那空虚多么冷。这死亡的无
有它的空和悲剧的终结。
然而,悲剧,可能又重新
开始,在想象的新的开始中,
在现实主义者说的"是"中开始,因为他
必须说是,因为在每一个无之下
有一种是的激情,它从未被击碎过。

九

月面上的恐慌——圆圆的阿凡提
或启明星式的睡眠，在睡眠中他四处游走
或他递上花饰陶盘里堆起的
启明星式的水果，从他内心的善意中，
递给任何一个前来的——恐慌，因为
月亮不再是这些也不再是任何东西，
一切未曾留下除了滑稽的丑陋
或上釉彩的无。阿凡提，这个
失去了月亮之愚蠢的人，变成了
赤贫的谚语的王子。
要失去敏感性，要看见人所见之物，
仿佛目光已经没有了自己超凡的节俭，
要听见人所闻之声，人意味着孤单一人，
仿佛含义的天堂不再是
天堂，这一点尤其是要匮乏的。
这是被剥夺了源泉的天空。
在这西边漠不关心的蟋蟀在我们
漠不关心的重重危机中合唱。然而我们要的是

另一种合唱,一种咒语,如在
另一次的、后来的创世纪中,音乐
种种可能的形式的美好
冲击枯槁憔悴……一种喧嚷的大水
在夜里沸腾,淹没蟋蟀的唧唧。
这是一个宣言,一种原始的狂喜,
真理的喜好被响亮地展示。

十

他研究过乡愁。在研究中
他搜寻那极粗俗的母性,那以最旺盛的生殖力
抚慰他的生物,那位最温柔的
女人,她隐约可见的小胡须,而不是紫红色的
乳房。他的灵魂喜欢它的动物
并喜欢它的驯服,这样,家
就是向生育的一个回归,在最蛮荒的
严酷中重新出生的一个存在,
火烧火燎的欲望,一个母亲的孩子烈火般
在他体内,更猛烈地在他内心,要无情地
实现他理解力中的真理。

真的有很多别的母亲，形式上
是单个的，天和地的恋人，母狼
以及林中的雌虎和与大海混合的
女人。这些都是天方夜谭。家就像
东西一样与他们吞咽的声音一起淹没，
那绝不是彻底的安静。那最温柔的女人，
因为她一如既往是真实，
是那粗俗，那生殖力强的，证明他对非人格的
痛苦无动于衷。真实说明了。
这是最后的乡愁：他
应当理解。他可能会受苦或
他可能会死，而这正是活着的纯真，如果
生命本身是纯真的。说这个是
为他从圆滑的慰藉中解脱。

十一

生活不是苦的薰衣草。我们不在
一颗钻石的中心。傍晚，
伞兵降落，他们降落时
吞食草坪。一只船沉入人海

之波中，就像巨大的钟涛从它的钟上涌出
在村里的尖塔上澎湃。紫罗兰，
巨大的一丛丛的，从穷人的、不诚实的人的
倾圮的房子里冒出来，那尖塔之钟，
很久以来就在为他们敲打永别，永别，永别。

本地人的贫穷，不幸的孩子们，
语言的欢乐是我们的领主。

喜欢苦食的人藐视
伞兵选择告别时
精心编排的场景；还藐视这个：
一只船在一片拼凑而成的大洋上颠簸，
天气是粉红的，风在四处移动；还有这个：
一座尖塔傲视古典太阳的
种种秩序；还有紫罗兰的发掘。

舌头抚慰这些变化。
它们像享乐主义者那样压迫它，把它们自身
与它基本的风味区分，
就像饥饿用它自己的饿充饥。

十二

他分类处置这世界,于是:
有人的世界和无人的世界。在两者中,他都
茕茕孑立。但在人的世界上,除了人,
还有他对他们的了解。
在无人的世界,有他对自己的了解。
当意志想知道,在他思考何为真的
那些时刻,哪一个时刻更令人绝望呢?

是他自身在他所了解的他们之中,还是
他们在他之中呢?如果他自身在他们之中,他
　们没有
来自他的秘密。如果他们在他之中,
他没有来自他们的秘密。这种对他们
和他自身的了解摧毁了这两个世界,
除非他从中逃脱。孤零零
独处,不去了解他们或他本身。

这创造了一个没有了解的第三世界,

在此世界里没有同伴,在此世界里意志不提出
要求。它接受一切真实之物,
包括痛苦,否则,它就是虚假的。
那么,在这第三世界就没有痛苦。是啊,可是
人在这石头般的世界里有什么样的情人,什么
样的女人,
尽管人人皆知,在心的中心有什么呢?

十三

可能一个人的生活是另一个人的
一种惩罚,比如儿子的生活是父亲的一种惩罚。
但这涉及的是次要人物。
它在环宇的整体中
是一个破碎化的悲剧。儿子
和父亲同样并平等地经历了,
每一个,作为他本人的
必要性,作为这不可变更的动物的
不可变更的必要性。
这自然之力在发生作用是主要的
悲剧。这是命运的解惑,

最幸福的敌人。而可能的是
在他的地中海的修道院里,一个
退隐的人,松弛了欲望,建立了
那可见的,一个蓝色和橙色的
色彩多变地带,建立了一个时间
观看火虚攻的海并称之为善,
这终极的善,确认是经过最长久的
沉思之后的现实,这极大的,
刺杀者的场景。邪恶对邪恶是
相对的。刺杀者泄露自身,
那摧毁我们的力量被泄露,
在这个极大中,以最礼貌的无助
容忍这一冒险。我的妈呀!
人感觉到其行动在血液中移动。

十四

维克多·塞尔日①说,"循他的论点,

---

① 维克多·塞尔日(1890—1947),原名维克多·罗沃维奇·基巴尔切奇,前苏联革命家和作家。

我感到一片茫然和不安,有人可能觉得
在场的是一个逻辑疯子。"
他说的是康斯坦丁诺夫。革命
即是逻辑疯子们的事务。
情绪的政治必须表现出
一种知识结构。这个事业
创建了一种不能与疯狂
区分的逻辑……有人想要能够
在日内瓦湖边散步并思考逻辑:
要想起那些在坟墓中的逻辑学家们
以及在宏伟的陵墓中逻辑世界的逻辑学家们。
湖泊比海洋更合理。因此,
在心灵的崇高中在一个湖边
散步,云像宏伟的陵墓之间的光一样,
给人一种茫然和不安,仿佛有人
会遇到康斯坦丁诺夫,他会以他的疯狂
插进来。他不会意识到这个湖。
他只会是一个思想的世界上的
一个思想的疯子,他会让所有的人
在一个思想的世界上的那个思想里
生活、工作、受苦并死去。他不会意识到那些云,用白色火焰照亮逻辑的烈士的那些云。
他的逻辑的极端只会是非逻辑。

十五

彻头彻尾的贫穷就是不活在
一个物质的世界上,体验个人的欲望
太难以与绝望分开。也许,
在死后,那非物质的人在天堂里,
天堂自身也是非物质的,偶然地会看见
绿色的谷粒闪闪发光并且经验
少许我们体验之物。人世的
冒险家不曾想象过在一个物质的
世界上一场完全物质的竞跑。
绿色的谷粒闪闪发光而玄学家们
四仰八叉躺在八月炎热的大前提中,
那浮夸的情绪,天堂未知。

这就是在快乐中代写的论文,
绕梁三日的赞美诗,正确的合唱。

有人可能会想到目光，可是谁会想到
它看的是什么，因其所见全是罪恶？
语言找到了耳朵，因为全是邪恶的声音，
可是那暗淡的斜体字它写不出来。
而从某人之所见所闻，从某人之
所感中，谁能设想产生
如此多的自我，如此多的美感的世界，
仿佛空气，正午的空气，正与形而上的
变化一起蜂拥出现，
它们仅在活着中和我们活着之处发生。

人越来越少,哦蛮荒之灵

如果屋子里一定要有一个神,一定要,
在房间里和在楼梯上说事儿,

那就让他像阳光在地板上移动那样移动,
或月光那样悄无声息,像柏拉图的幽灵

或亚里士多德的骷髅。让他把他的星辰
挂在墙上。他必定要安安静静地居住。

他必定不会说话,关闭了,
就像那些:像光,为它所有的运动,关闭了;

像色彩,即是最接近我们的,关闭了;
像各种形态,虽然它们给我们预兆,关闭了。

人倒是成了异类,
那在月亮上没有亲戚的人。

倒是人想要从野兽或者不能表达的
大团物质那里得到词语。

如果在屋子里必定要有一个神,就让他
在我们说话时不想听:一个冷冰冰,

一个深朱砂色的无,大团物质的
任一份子我们都离得太远而不能成其之一。

飞行员的坠落

这个人一次次逃脱了肮脏的命运,
他死时,知道自己做得很高尚。

人死后的黑暗和无,接受他
并把他保存于空间的多个深处——

深度,自然的雷电,维度,这些我们
信奉的并无信仰,也超越信仰。

灵与肉的残骸

亲近和温暖的东西如此之少。
似乎我们从未有过童年。

坐在房间里。真的,在月光下
仿佛我们从未有过青春。

我们本不应该清醒。正是从这清醒中
一个鲜红的女人将冉冉升起

并将站在耀眼的金色中,梳理她的秀发。
她将深思熟虑地说出一行诗的字词。

她将思虑再三却不能流利地吟诵它们。
另外,当天空湛蓝,事物吟诵自身,

甚至为她,已经为她吟诵。她将会聆听
并觉得她自己的颜色即是一种沉思,

那最快乐的沉思,然而过去并非如此快乐。
到此为止。说一会儿熟悉的事儿吧。

带东西的人

诗篇抵抗智力必定
几乎必胜。

一个黑黢黢的身影在冬夜抵抗
身份辨认。他带的东西抵抗

最紧迫的感觉。接受它们,然后,
作为其二(各部分不能看作为

显而易见的整体,游移不定的微粒不能看作
某个固体,首要的是摆脱怀疑,

东西漂浮像最初的一百片雪花,
它们从我们必须忍受整夜的暴风雪落下,

一场第二批东西的暴风雪),
一种思维的恐惧突然成真。

我们必须整夜忍受我们的思维,直到
光明一动不动显现在严寒中。

市民卑微的死

这两个靠着石头墙的
是死亡微小的一部分。
草还是青的。

但那里有一个全体的死亡,
一场劫掠,一场极高和极深的
死亡,覆盖了所有的表面,
填满内心。

有小小的市民的死亡,
一个男人和一个女人,像两片叶子,
在冬天结冰和变黑之前,
一直挂在一棵树上——

死亡极高的高度和深度
没有任何情感,一个执法的宁静,
在宁静中,一个废物用一把乐器,
郑重地弄出空洞的最后的音乐。

肚子里的鸽子

从整体上看是一个玩具。为此,
肚子里的鸽子筑巢并咕咕叫,

细拉①,风暴鸟。河流怎么会
都闪闪发光并且举起它们的镜子

就像卓越采集卓越那样?
木头的树怎么会矗立

并生长和撂起它们绿的背篓
并在酷热里整日托举?为什么

---

① 细拉,原文为 Selah,《圣经·诗篇》中一个意义不明的希伯来词,大约是咏唱时指明休止的用语。也有说是咏唱时的感叹词。

这些山峰高耸还明亮耀眼,
堆起从不落到地上的积雪?

还有这巨大的玉米荒地,数英里宽,
期待它成为某种有效用的东西

和某种更多的东西。这些衣衫褴褛的人,
虽然穷,虽然比废墟更破败,但他们

内心深藏着体面的权利——哦,勇敢致敬!
深深的鸽子,抚慰你自己的隐藏吧。

夏天的凭证

一

现在仲夏来临,所有的傻瓜已屠戮
春天的怒火已平息,通往秋天最初的清爽
漫长的旅程已开启,雏鸟们
正在草丛,带着浓浓的香味
玫瑰沉甸甸地,而心灵还被麻烦困扰。

现在心灵被麻烦困扰顾虑重重。
回忆的重重烦躁接踵而至。
这是某一个年份的最后一天
在此之后时间一无所存。
它来到这里,来到想象的生活。

在此没有更多铭记也没有更多顾虑和感受
这对承受了虚假灾难的内心
必定是一种宽慰——这些父亲们站在四周,
这些母亲们抚摸,喃喃细语,亲近,
这些恋人在柔软的干草里等待。

二

延迟对夏天的解剖,这棵
自然的松树,这超自然的松树。
让我们观察这件事而不及其他。
让我们以最炽烈的目光之火观察它。
把一切,除了它的任一部分,焚为灰烬。

寻迹金色的太阳遍及漂白的天空
而不以一个单一的隐喻躲避。
看着它在它绝对的荒芜中
并说这就是我寻找的中心。
把它固定在一个永恒的叶簇中

并用被拘押的和平填满这个叶簇,

此种持久的快乐,正确地忽略
变化才有可能。放逐对
似是而非的欲望。这是肥沃的物质
再也不能达到的荒芜。

三

这是整个世界的自然之塔,
俯瞰之巅,绿色的绿色之极点,
但是比它面前的视野更宝贵之塔,
一个俯瞰之巅蹲着像一个王位,
万物之轴心,绿色的极点

和最幸福的民俗的土地,大多数婚姻的赞歌。
山峰之上耸立着这座塔,
这是最后的山峰。太阳在这里,
不眠,吸入他适宜的空气,并休息。
这是末日所创造的庇护所。

那位老人正站在那座塔上,
他不读书。他红润的古老

吮吸红润的夏天并因填充他
年岁的一种理解力,因一种
无所不能的感觉而心满意足。

四

当干草经过天长日久的烘烤,
堆放在干草堆上,现实的局限性之一
才在奥利①显现出来。这是一片
过于成熟、过于宁静的土地,不产生迷。
这里距离落败于超视距的眼睛

和耳朵的第二感觉,
这里云集的不是第二种声音,而是合唱,
不是唤起感情而是最后的合唱,最后的声音
不与任何复合,携带着充分的、
纯粹的一种语言的修辞,不用词语。

物质在那个方向止步,自从它们止步,

---

① 奥利,美国宾夕法尼亚州博克斯县的一个小镇。

方向也止步，我们接受那即为
好。绝顶的必定为好并是好
并是我们的财富及储于树上蜂箱的蜂蜜
和节日里混杂的色彩。

五

一日丰富一年。一个女人使
其余的女人黯然失色。一个男人形成一个种族，
如他般高贵，如他般四季常青。
那么，其余的日子丰富一日吗？
女王谦卑如她的相貌举止所是，

一如她的整个亲属的慈悲威严？
怒发冲冠的士兵因天气而生褐斑，隐现在
阳光下是一个恭顺的形式，也是
大地的孩子之一，易生，其肌肤
不发霉。远远不止悠闲的蓝

包含着这年和别的年和赞美诗
及人，没有纪念品。日

丰富年，不是作为润色。
剥离了记忆，它展现它的力量——
这年轻人，生气勃勃的儿子，这英雄气概。

六

岩石坚不可摧。这是真理。
它从大地和海上隆起并覆盖它们。
它是一座半青的山而余下的
不可估量的一半，这样的岩石
就像和煦的空气所形成。但是绝不是

一个隐士的真相也非隐居处的符号。
它是可见的岩石，可听见的，
一种踏实的安眠之鲜明的仁慈，
在这片当下的土地，这栩栩如生的安眠，
事物的确定使我们心存确定。

这是夏日之岩石，这极端之夏，
一座半明的山鲜花盛开
于是另一半在来自中心天空的

蓝宝石闪耀的极端光之下,
犹如十二位王子面君而坐。

七

树林深处他们唱他们虚幻的歌,
无忧无虑。要在对象的当面唱
很难。歌唱者不得不回避自身
要么回避对象。在树林深处
他们歌唱在共同的田野里的夏之歌。

他们歌唱渴望近在咫尺之对象,
面对着这对象,渴望不再移动,
也未使它成为自身不能找到之物……
这集中的自我三次抓持,这三倍
集中的自我,三次拥有了

这对象,紧紧抓持它粗暴地审视它,
一次把它当作俘虏,一次使之屈服,
或迫使它屈服,一次宣告
这俘获的意义,这个硬邦邦的奖品,

制作考究,样式美观,大方显眼。

八

晨号在云层中吹响并穿透
天空。这是可见的晨的宣告,
它远远不止于可见,远远不止于
鲜明、辉煌的场景。晨号嘶喊着
这是那不可见的后继者。

这是它在精神计谋中的
替代物。在视觉和记忆中,
这必定替换其位置,即用可能之物
替代不可能之物。这共鸣的嘶喊
就像一万个翻跟头者坠落

以分享这一日。晨号假设
一个心灵存在,意识到分隔,意识到
它号角的嘶喊,它的发音方式
就像在大众中的人物的发音方式:
人的心灵在虚幻中令人肃然起敬。

九

低低地飞,漂亮公鸡,停在豆架上。让你
棕色的胸部泛红,你在等待温暖。
用一只眼睛注视那垂柳,它一动不动。
园丁的猫已死,园丁已去,
去年的园子长满淫荡的杂草。

五味杂陈的情绪摔得粉碎,
在一个被废弃的地上。温和、礼貌的鸟,
你关注的衰落:经过整理的
和经过整理的精神的甜食,
悲伤,生和死的基金,文雅的灌木

和光鲜的野兽,这一组合分崩离析。
而在你的豆架上,有可能,你侦测到
另一些情绪的另一个组合,不这么文雅,
不这么礼貌,而你发出一个声音,
那不是那个听者自己感觉的部分。

十

夏天之人扮演非人作者的
诸多角色,与金色甲虫一起,
夜半在蓝色的草地,沉思。
他没有听到他的角色们说话。
他看见他们身着最时尚的服装,

用蓝和黄,使天空和太阳色彩斑斓,
捆扎和打结,饰以彩带和花边,半是浅红,
半是淡绿,用于盛大礼仪的
合适习俗,时代的风尚,
整个夏天斑斓基调的一部分,

在其中那些角色们说话,因为他们
想说,这些肥胖的、玫瑰色的角色,
此时此刻,脱离了怨恨和突然的叫喊,
在一个完整的场景中得以完整,并说着
他们仿佛在一个青春幸福中的角色。

为至高虚构作注

致亨利·丘奇

除了对你,我对什么钟情?
我要最智慧的人,最极端的书
紧紧贴着我,日日夜夜藏在我心里?
那单一的、不确定的真理之不确定的光,
在活生生的变化中等同于光,
我在光里见到你,我们在光里坐下休息,
此刻在我们存在之中心,
你带来的清晰的透明物是平和。

　　　　　　　　它必须是抽象的

一

开始吧,小伙子,注意这个
发明的创意,这个被发明的世界,
太阳不可思议的创意。

你必定重新变成一个无知的人
并用一只无知的眼睛重新看着太阳
在它的创意中清晰地看着它。

不要假设一个发明的心灵是该
创意之源,也不要为那个心灵创作
一个折叠在其火焰中的多产的大师。

在它的创意中看太阳多么清晰,
仿佛在一个排斥了我们和我们的形象的
天空最遥远的清澈中清洗过了……

一个神的死即所有神的死。

让紫色的福耳布斯①躺在赭色的收获中，
让福耳布斯睡觉并在赭色的秋天死去，

福耳布斯死了，小伙子。但福耳布斯曾是
永不能再命名的某物的一个名字，
曾有一个太阳的规划，现在也有。

现在有一个太阳的规划。太阳
决不能有任何名字，金色的光耀者，
却在它必须如此的困境之中。

二

正是天界对分割的厌倦
把我们送回到第一个创意，即这个
发明的核心；而对真理的

狂热是如此有害，对真理本身
如此致命，第一个创意遂成为

---

① 福耳布斯，古希腊神话中的太阳神。

一位诗人的种种隐喻中的隐士,

其整天来来去去。
会有对第一个创意的一种厌倦吗?
奇妙的学者,此外还应有什么?

那寺院的人是个艺术家。那个哲学家
指定了那人在音乐中的位置,比方说,今天。
可是牧师欲求不得。哲学家欲求不得。

不去拥有即欲望之开始。
去拥有乌有之物即欲望之古代的循环。
它是对冬末的欲求,当它

观察到无能为力的天气变蓝
看见勿忘我在冬天的灌木上。
充满阳刚之气,它聆听日历赞美诗。

它知道它所拥有的并非必得之物
于是它丢弃它像丢弃一件过时之物,
就像早晨丢弃惨淡的月光和惺忪的睡眠。

三

诗篇使生活清新，于是我们
暂时分享第一个创意……它满足了
对一个纯洁无瑕的开始的信念

并以一种无意识意志之翼把我们送往
一个完美无缺的结尾。我们在这些点之间游走：
从最初的坦率到它后来的模棱两可

它们的坦率是从我们之所思到
我们之所感的强烈的振奋，是心中
搏动的思想的振奋，仿佛新鲜血液涌来，

一剂仙丹，一个刺激，一种纯粹的力量。
诗篇，通过坦率，重又带回来力量
把一种公正的善意给予一切。

我们说：夜晚一个阿拉伯人在我房间里，
用他见鬼的叽里呱啦，

把一种原始的天文学刻满

未来投下的多个整齐的前端
并把他的星星扔在地板上。白天
这林鸽通常都唱他的叽里呱啦

而大洋最浓重的彩虹色仍然
号叫着升起号叫着落下。
生活的愚蠢用奇怪的关系把我们撕裂。

四

第一个创意并不是我们自己的。伊甸园的
亚当是笛卡尔的父亲
而夏娃则把空气做成自己的,

她儿子和她女儿的镜子。他们发现自己
在天空就像在镜中一样;一个另外的大地;
而在大地本身他们发现了一种绿——

一种已然消失的绿的居民。

可是第一个创意并非要用模仿
塑造云的形状。云先于我们。

在我们出生之前就有泥泞的中心。
在神话开始之前已经有一个神话，
令人敬畏，发音清晰且完整。

诗篇正是从这里出生：我们生活在一个不是
我们自己的地方，不仅如此，也不是我们自身，
那很艰难，尽管那些大肆宣扬的日子。

我们是模仿者。云是导师。
空气不是一面镜子不过是一块光秃秃的板，
布景明暗相间，悲剧的明暗对照法

以及玫瑰的滑稽色彩，在其中
极糟糕的乐器制造的声音像我们
加上去的连绵起伏的哗啵声。

五

狮子在狂怒的沙漠吼叫,
用它红色的噪音把沙子染红,
蔑视红色的虚空以进化它的匹配,

这使用足和爪,使用鬃毛的大师,
最柔软的挑战者。大象
用高声的叫嚷冲破锡兰的黑暗,

粼粼波光在水池面上荡漾开去,
把天鹅绒般的柔波送往远方。而熊,
这笨拙沉重的黄棕色的家伙,夏天的雷声中

在他的山里嚎叫,在冬天的积雪里冬眠。
可你,小伙子,从你古希腊的窗子里往外看,
你的阁楼里有一架租来的钢琴。沉默中

你躺在你的床上。你把枕头的一角
抓在手上。你从你的扭动、喑哑,

然而哑的暴力的滔滔不绝中

扭动和挤出一个苦涩的言辞。你的目光
越过那些既像魔诀又像牢房的屋顶
并在你心中为它们标记并被惊吓……

这些是时光违背第一个创意
哺育的英雄的孩子——鞭策那狮子，
给大象披挂彩衣，教会熊玩耍。

六

不会被认清因为不会
被看见，不会被爱也不会被恨，因为
不会被认清。在弗兰茨·哈尔斯①笔下的天气，

毛刷般的云层中毛刷般的风刮过，
被蓝洇湿，因为白而更寒冷。不要
被责备，没有一个屋顶，没有

---

① 弗兰茨·哈尔斯（1581—1666），荷兰肖像画家。

新上市的水果，没有鸟儿的处子，
镶着暗花的腰带松了，不是松开手了。
快乐过去是现在是，快乐的连翘

和黄颜色，黄淡薄了北方的蓝。
没有一个名字也无欲求，
若仅是想象那么要想象得美妙。

阳光下我的屋子稍有改变。
木兰的芳香靠近了，
假的抖动，假的形式，但是假近似于亲。

它必定可见或不可见，
不可见或可见或两者皆有：
眼睛看到与没看到。

天气或天气巨人，
说的是这天气，纯粹的天气，纯粹的空气：
一种抽象被血污，就像一个人经过思索。

七

它感觉良好因为没有那个巨人，
第一个创意的一个思想家。也许，
真理依赖于环湖的一次散步，

身体疲惫时的一次安定，一次查看
雪割草①的暂停，一次关注
一个定义逐步敲定的暂停以及

在敲定中的一次等待，在环湖而生的
松树枝下的一次小憩。
也许很多时候有固有的完美，

例如当公鸡在左边啼叫以及一切
皆好，很多不可测算的平衡，
一种瑞士式的完美无缺由是而来，

机器的一种熟悉的音乐

---

① 雪割草，毛茛科獐耳细辛属，开白色小花。

引发它的梦幻,那不是
我们达到的平衡而是平衡自行发生,

例如一个男人与一个女人约见,爱即刻发生。
也许有很多清醒的时刻,
极端的,偶发的,个人的时刻,在其中

我们远不止清醒,我们坐在睡眠的边上,
就像在一个高处,注视着
那些学府就像迷雾中的结构。

八

我们能创建一个城堡要塞式的家吗?
即便在维奥莱·勒杜克①的帮助下,
把麦卡利夫②放在那里当主要人物。

---

① 维奥莱·勒杜克(1814—1879),法国建筑师和理论家。
② 麦卡利夫,可能是指休·麦卡利夫(1808—1895),曾担任美国几任总统任期内的财政部长,也可能指他的孙子,美国诗人休·麦卡利夫(1869—1902)。

第一个创意是一种臆想的东西。
忧郁的巨人俯伏在紫罗兰的空间
可能就是麦卡利夫,一个权宜之计,

逻各斯和逻辑,水晶般的前提,
古文的引言以及说那个词所用的一种方式
那个词中每一个潜在的双关,

花花公子,语言学家。但麦卡利夫依然是麦卡利夫。
这并不意味着主要人物就是男子汉。
如果麦卡利夫懒洋洋地躺在海边,

在波涛冲刷下一次次被淹没,在涛声中阅读,
有关那位第一个创意的思想家,
他可能会取舍习惯,从波浪还是从语句,

或是波浪的力量,或是艰深的词语,
或是一个更精简的存在,向他潜近,
它由更大的天生的理解和颖悟,

似乎波浪最终绝不是被打破，
似乎语言突然之间轻松地
说出它曾经费力地说的那些事情。

九

罗曼蒂克的吟诵，大肆宣扬的洞察力
都是神化的组成部分，恰如其分，
就其本性，是习惯用法及其他。

它们与理性的振振有词，
它实用的炫耀迥异。但是神化并非
主要人物的血统。他自理性而来，

致密在不可战胜的箔片中，
在午夜被勤学的眼睛照亮，
缠绵于梦幻中，思想的哼唱的

对象退避进心灵，
规避其他的思想，静卧在
一只乳房上的他永远珍视那种感触，

对于他,四月的美好温柔地降下,
坠落下去,公鸡鸟恰在此时鸣叫。
我的夫人,为这个人唱恰如其分的歌吧。

他是,或许可能是,哦!他是,他是,
那个疾病流行的过去的弃儿,如此聪颖,
他的手的风度如此感人。

不过不要看他的染色的眼睛。不要给他
取名字。把他从你的印象中抹去。
他的灼热在心中是最纯粹的。

十

主要的抽象物是人的创意
而主要人物是其阐释者,在抽象中
比在他的个性中更有能力,

就像本源比微末更丰裕,
幸福的丰裕,鲜花缤纷的力量,

在不止一个例外之中，部分，

虽然是一个英雄的部分，却是普通的。
主要的抽象物是普通的，
无精打采的、难看的外表。这是谁？

什么拉比，越来越对人的希望怒火中烧，
什么头领，独来独往，叫喊得
最悲惨，最骄纵，

不去逐个审视那些分散的形象，
而只看一个，在他的旧外套里，
他松松垮垮的裤子，在城镇之外，

寻找那是什么，它平常在哪里？
早晨晴空万里。这就是他。这个人
穿着旧外套，宽松下垂的裤子，

说的就是他，小伙子，要制造，拼凑
那终极的优雅，既不关怀备至
也不奉若神明，只是平平淡淡地提议。

它必须改变

一

周身金光的古老六翼天使,在紫罗兰丛中
吮吸指定的气息,此时鸽子们
幻影般从各种编年学中飞起。

意大利的少女们把长寿花别在头发上
这些六翼天使看见了,早就在
母亲们的头带上看见,还会再次看见。

蜜蜂嗡嗡地飞来,仿佛它们从未离开,
仿佛风信子从未离开。我们谈论
这些变化和那些变化。因此这恒久的

紫罗兰,鸽子,少女,蜜蜂和风信子
成为一个变化不定的宇宙的
变化不定的过程的变化不定的对象。这意味着

夜的蓝是一种变化不定的东西,六翼天使
是土星的萨蒂尔①,根据他的思想。
这意味着我们对这种枯萎的场景的厌恶,

它并未有足够的改变。它仍然是,
它是一种重复。蜜蜂还是嗡嗡而来
似乎——鸽子们在空中得得而行。

一种情色的芬芳,半是身体的,半是
一种明显的酸,确定它想要的是什么
而蜜蜂的嗡嗡是率直的,未在微妙之处破碎。

二

总统命令蜜蜂要成为

---

① 萨蒂尔,希腊神话中的森林之神,也是好色之神。

不朽。总统命令。可是躯体
能抬起它沉重的翅膀,向上展翅,

又一次作为永不疲倦的存在,越过
最高贵的对手,单调地
唠叨它幼稚的绿色词句吗?

蜜蜂为什么要重拾一个失败的欺诈,
在一个号角里找到一个低沉的回声并嗡嗡
那无底的花瓶,新的羽毛蟒蛇紧跟着老的?

总统有桌上的苹果
和身边赤足的仆人,他们把窗帘
调整到一个形而上学的T

国旗飘扬,在旗杆上
喷上红蓝两色的迷彩,用力抽打
升降索。那么为什么,当在金色的暴怒中

春天扫荡冬天的残余,那么为什么
在记忆的梦幻中要有一个回归的

或是死亡的问题？难道春天是一个睡眠？

这温暖对于恋人最终完成他们的
爱，这是开始，而不是恢复，这是
新来的蜜蜂的嗡嗡和嗡嗡。

三

杜·普伊将军宏伟的雕像
一动不动地矗立着，即使附近的灵车
载着这高贵广场的居民驶离。

马抬起的右前腿
说明，在最后的葬礼上，
音乐停止了，而马静静地站着。

每个星期天，律师们驱车
接近这个被高高耸立、令人讨厌的雕像
研究过去，而医生们，精心

沐浴之后，来搜寻一个挥之不去的

悬疑的了无生气的框架，它如此僵硬
显得这位将军有一点荒谬可笑，

把他有血有肉的肌肤变成了生硬的青铜。
这里从未有过，绝不会有，这样
一个人。律师们不相信，医生们

说，作为迷人的、壮观的装饰物，
作为一个摆放天竺葵的底座，这位将军，
这个杜·普伊广场，事实上，就坐落在

我们更加退化的心灵状态。
什么也没有发生因为什么也没有改变。
然而这位将军最终成了垃圾。

四

性质对立的两个事物似乎相互
依赖，就像一个男人依赖
一个女人，白天依赖夜晚，想象

依赖现实。这是嬗变的根源。
冬天和春天，这寒冷的交接，拥抱，
令人着迷的特点便涌现。

音乐遭遇沉默，就像一种感觉，
一种激情，我们能感受，但不理解。
上午和下午紧扣在一起

而北方和南方却是固有的一对，
太阳和雨是一种复合体，像两个恋人
分手时一个走进了最绿色的躯体。

孤独的喇叭在孤独中
并不是另一种孤独的共鸣；
一根细弦充当了一群各色嗓音的代言人。

分享者分享了那些改变他的东西。
接触事物的孩子从事物中汲取品格，
那个身体，它接触了。船长和他的水手

是一个共同体，水手和海是为一体。

跟着我,哦我的同伴,我的伙计,我的自我,
姐妹是安慰,兄弟是快乐。

五

在天空一样宽阔的水面,一个蓝色的岛上
野橙子树继续开花结果,
种树的人已死了很久。几个酸橙仍在,

他的屋子已倒塌,三株参差不齐的树
坠着模糊不清的绿。这些是种树人的绿松石
和他的橙色斑点,这些是他的零绿色,

一种绿在最绿的阳光炙烤下变得更绿。
这些是他的海滩,他在白沙滩上的
海桃金娘,他走在长长的海淤泥上的啪嗒声。

在他的远方有一个岛,岛上坐落着
一座朝南的岛,岛上坐落着像一座山,
一个菠萝刺鼻的气味像古巴的夏天。

那里，那里，冷香蕉在生长，
沉重地挂在那株巨大的香蕉树上，
它撕开了云层垂向半个世界。

他常常想念他来的那片土地，
那整个国家怎么是一个囫囵的甜瓜，
如果看得对可能是粉红的，不过也可能是红的。

一个老实人在阴面的光中
不能承受他笨重的劳作，也不能止息
他的哀叹，他应该留下班卓琴的弦乐。

六

别逗我，麻雀说，到爆裂的叶片，
还有你，你，你吹时别逗我，
当你在我的灌木丛看着我。

啊，咳！该死的鹩鹩，邪恶的鲣鸟，
咳—咳！模仿夜莺的知更鸟唠唠叨叨，
别逗，别逗，别逗我在我的林间空地。

这样一个傻瓜吟游诗人在雨中吟游,
这么多铃声没有钟声伴奏,
这些别逗倒可以编一曲天空的乐章。

一个歌喉重复唱着,一个不倦的唱诗班领唱,
一个单句的各个句子,咳—咳,
单个歌词,花岗岩的单音,

一张单独的脸,像命运的一张照片,
吹玻璃工的命运,苍白的主教,
眼睛没有眼睑,心灵没有任何梦想——

这些是有关缺少吟游诗人的吟游的,
有关一片土地的,这里第一片叶子是很多
有关叶子的故事,这里,麻雀是一只石头

鸟,从未改变。别逗他,你,
还有你,别逗他,别逗。这个
声音像其他任何声音。它将结束。

七

根据月亮的一束光辉,我们说
我们没有任何天堂的需求,
我们没有任何诱惑的赞美诗的需求。

这是真的。今夜丁香花放大了
这随便的激情,躺在我们中间的
恋人随时的爱,我们呼吸

一种气味平淡无味,无动于衷。
我们在万籁俱寂的午夜遭遇
这紫色的气味,这盛开的繁花。

恋人为进入极乐而叹息,
他可以从他体内在他的呼吸上获取,
在他的心里拥有,取消并一无所知。

随便的激情和随时的爱
是我们土生土长的此时此地的
我们所住之地和我们所住任何之地,

就像在一个五月的夜的傍晚，
就像在一个无知之人的勇气之中，
他照本宣科，在著书的学者的

热度中，热度足以进入另一个极乐；
确定性的波动不定，学者的黑暗中的
比例度的变化。

八

南希亚·农西奥在她的环球旅行中
遇到了欧西曼迪亚斯。她独自
走了，像个经过长期修炼的修女。

我是配偶。她取下她的项链
把它放进沙子里。因为我是，我是
配偶。她解开了她镶嵌钻石的腰带。

我是配偶，已被剥去了明晃晃的金色，
这配偶远超祖母绿或紫水晶，

远超我承受的这火热的躯体。

我是个脱得比一丝不挂更赤裸的
女人,站在一个不可变更的
次序前,说我是深思熟虑的配偶。

对我说这些说过的话,会用它自己
唯一珍贵的装饰装扮我。
给我戴上那精神的钻石花冠。

为我穿戴完整,至最后一根细丝,
这样我与这熟悉的爱一起战栗
我自己会为你的完美更珍贵。

于是欧西曼迪亚斯说,这配偶,这新娘
从未裸体。一种虚构的罩子
总是编织源自心和心灵闪光的东西。

九

诗篇从诗人的胡言乱语去往

圣经的胡说八道，然后返回。
它是来来去去，还是瞬时

既来也去？它是一种灿烂的飞来飞去
还是乌云重重的凝聚？
是否有一首诗从未抵达词语

而只是闲聊着虚度时光？
诗篇是否既独一无二也平平常常？
沉思默想是有的，在其中似乎

有一种规避，一个事物并未被理解
或并未被深刻理解。诗人是否避开
我们，比方说在一种无意义的元素中？

规避，这个灼热，特立独行的演讲者，
这个在我们最粗笨的障碍物前的演讲者，
一种演讲形式的代表者，一个演讲的

演讲者仅仅规避了舌尖的一丁点吗？
他寻求的正是圣经的胡说八道。

他试图用一种独特的演讲说出

平平常常之中的独特潜力,
把那想象的拉丁语和
欢乐的通用语组合成一体。

十

一条凳子是他的强直性昏厥,转义
剧院。他坐在公园里。湖水里
充满人造的物体,

像一页乐谱,一种更高处的空气,
像一种暂时的颜色,在它们之中天鹅们
是六翼天使,是圣人,是变化中的实体。

西风是音乐,是运动,是力量,
天鹅用其力腾跃,是一种改变的意志,
一种使空白变成彩虹色波纹的意志。

有一种改变的意志,一种必要的

和呈现的方式，一种呈现，一种
易挥发的世界，它特别经常难以拒绝，

一个隐喻中的流浪汉的眼睛
捕捉了我们自己的。那种漫不经心
是不够的。转变的新鲜感即是

一个世界的新鲜感。那是我们自己的，
那是我们自身，我们自身的新鲜感，
而那必要性和那呈现

是擦拭一面我们往里窥视的镜子。
那些开始的快乐和绿色，提示了一种
适宜的桃色事件。时间会记载。

它必须给予快乐

一

在精确的、习惯的时间高唱欢乐之歌,
戴上羽盔,披上厚厚的鬓发,
于是,作为角色,用它嘹亮的嗓门欢唱,

说欢快的话语并歌颂它,在狂欢的
人们肩膀上感觉那心,
它是平常,最勇敢的基础,

这是一种容易做到的操练。杰洛米
抬来大号和风火弦,
金色的手指弹拨暗蓝的空气:

为那转动的嗓音的组合，
寻找声音最苍白的祖先，
寻找音乐发放的光

无论何处它下落的方式不止声色。
但是最苛刻的严峻与之同行，
在我们所见之物的映像，从不合理的

时刻捕捉其非理性，
正像当太阳升起之时，当大海
深深地清澈之时，当月亮悬挂于天堂

之港的墙上。这些都不是转变之物。
然而我们却被震撼似乎它们又转变。
我们用后来的理性推理它们。

二

这个蓝色的女人，穿金戴银，油光粉面，在窗口
不欲求羽毛似的银色变成
冷淡的银白，也不期待泡沫状的云

泛起泡沫，形成泡沫的波浪，像波浪般移动，
也不急于那性感的花朵宁静下来
没有它们疯狂的沉溺，以及那夏天的

炎热，夜间变得浓重的香气，
增强她破碎的梦并让睡眠
进入自然的状态。对于她，记住

这些已足够：春天的银色
在葡萄的叶子里来到它们的地方，
清凉它们红润的脉搏；泡沫般的云

没什么不过是泡沫般的云；泡沫般
蓬勃的废物并没有发育旺盛；随后，
当八月的松树温和的热

进入房间，它打盹，夜来临。
对于她，记住这些已足够了。
这个蓝色的女人从窗口看着并命名

山茱萸的珊瑚,寒冷清晰,
寒冷,寒冷地描出轮廓,是真实的,
清晰的,除了眼睛所见,没有入侵。

三

在最后的灌木中一个最后的面容,
在一种无止境的红色中一张石头的脸,
红色祖母绿,红色嵌入蓝,一张板岩脸,

一个古老的额头披着厚厚的头发,
河槽般倾注的雨,红玫瑰的红
和风化和红宝石被水侵蚀,

喉咙周围的静脉血管,歪斜的双唇,
额纹像蛇一样盘踞在额头,
疲惫的感觉把一切抛在脑后,

红色中的红的重复永不逝去,
有一点铁锈色,有一个胭脂色,
一点变得毛糙和粗陋,一顶王冠

眼睛无法躲避,一个红色的名声
向乱哄哄的耳朵鼓吹自己。
一种光辉消退,粗笨的肉红玉髓

过于诚惶诚恐地使用。可能本该如此。
可能,可能本该如此。可是,正如
一个死去的牧羊人从地狱带来巨大的和弦

并驱赶羊群去欢饮。或他们如是说。
与他们相爱中的儿童带来早开的花朵
把它们四处抛撒,没有两朵相同。

四

我们用后来的理由推理这些事物
我们理解我们所见之物,所见清晰
和已见之物,一个依赖我们自身之处。

在卡托巴有一桩神秘的婚姻,
正午也就是在一年的中午

一个伟大的船长和女仆葆达之间的婚姻。

这是他们的仪式的赞美诗：隐姓埋名
我们相爱但并不结婚。隐姓埋名
一个拒绝另一个嫁或娶，

预先发誓啜饮结婚酒。
一个接纳另一个，都必须不因为他的魁梧，
他彪悍的外表，也不因为她细腻的声音，

嘘嘘的神秘的钗音萦绕四周。
每个人都必须把对方作为标志，简洁的标志
以阻止龙卷风，阻碍它发生的因素。

这伟大的船长爱上了这连绵不绝的卡托巴山
因此娶了葆达，他在这里发现了她，
葆达爱上船长就像她爱上太阳。

他们的婚姻很幸福因为这婚姻之地
是他们的所爱。这里既非天堂也不是地狱。
他们爱的性格面对面走到一起。

五

我们喝默尔索酒①,吃孟买龙虾蘸芒果
酸辣酱。然后卡农·阿司匹林宣称
他的妹妹以怎样一种明显的狂喜

住在她的屋子里。她有两个女儿,一个
四岁,一个七岁,她给她们穿的衣服
就像一个穷的油彩画匠的穿着。

可是她依然涂抹她们,与
她们的贫穷相称,一种灰蓝色已经一条条
发黄,这是她们刻板的声明,白色,

加上周日的珍珠,是她一个寡妇的快乐。
她把她们藏在简单的名字下。她把她们
更紧密地揽在身边,拒绝梦幻。

---

① 默尔索酒,法国勃艮第的一种葡萄酒。

她们说的字字句句她都听得到。
她看着她们,她看见她们是她们真实的样子,
她感觉到的都排斥了贫乏的语句。

卡农·阿司匹林讲述了这事儿,
哼着一首赞美的赋格曲的主调,
领悟到这是合唱团做的变调。

可当孩子们睡觉时,他的妹妹本人
也要睡觉,为她们,在沉默的激动中
只有睡觉的清醒的自我。

六

当漫长的午夜那个卡农来入睡
平常的事物用哈欠把它们本身打发,
那么,一无所有就是赤身露体,一个点,

在它之外,事实不能作为事实演进。
在其上,人的学问构思出
不止一次的夜的惨淡照明,金色

在其下，他的眼睛深深的表面
之下并在他的耳朵的山中听见，
他内心实在的物质。

因此他就是那扬起的羽翼，他看见
并在其上循着外空星辰的轨道运行，
下降到孩子们的床上，他们躺在

其上。然后以巨大的哀婉之力他
直接飞向夜的绝顶的王冠。
一无所有就是赤身露体，一个点

在它之外，思考不能作为思考进展。
他必须选择。可是在排斥的事物之间
那不是一个选择。它不是两者之间的，而是

两者的一个选择。他选择包含那些事物，
它们互相包含，这完整的，
这复杂的，这积聚的和谐。

七

他想他们时就强行发布秩序,
就像狐狸和蛇那样做。这是勇敢的举动。
接下来他建造多座国会大厦并在它们的走廊里,

比蜡还白,能发出洪亮声音,像它一样有名,
他树立合理之人的雕像,它们
胜过最有文采的猫头鹰,最博学的

大象。但是发布并不是
发现。要发现一种秩序比如
一个季节的秩序,发现夏天并了解它,

发现冬天并十分了解它,去发现,
完全不是去发布,不是去据有合理的,
从一无所有中进展到主要的天气,

这是可能的,可能的,可能的。它必须是
可能的。它必须是那样真实的,

会及时从其粗糙的化合物中而来,

初看之下,似乎一头四足兽呕吐,不像
被一种绝望的牛奶所温热。去发现那真实的,
被每一种虚构剥光,除了一种

一种绝对的虚构——天使,
在你光明的云层中保持沉默并聆听
专有声音的灿烂的旋律。

八

我该相信什么?如果天使在云层里,
平静地凝视着紫罗兰的深渊,
在他的弦上采摘,采摘无底的荣光,

往下跳跃,穿过傍晚的启示,在他
展开的羽翼上,一无所需唯有深空,
忘却那金色的中心,那金色的命运,

在他一动不动的飞行运动中变得温暖,

想象这位天使的我会有一点不满足吗？
他的羽翼，难道是天青石闹鬼的空气吗？

是他还是我经历过这个？
那么难道是我总在说，有一个小时
充满了可以表达的极乐，我在其中

一无所求，我快乐，忘记了需求的金手，
满足于没有宽慰的威严，
而如果有一个小时就有一日，

就有一个月，一年，就有一个时间
在其中威严就是自我的一面镜子：
我无，但我是，正如我是，所以我是。

这些外部的区域，我们用什么填充它们，
除了反省，逃避死亡，
在屋顶下实现了自身的灰姑娘？

九

响亮地吹哨,太丑陋的鹪鹩。我可以
做所有天使能做之事。我喜欢像他们那样
此外还像人一样,像人在光隔绝的地方,

享受天使。吹哨,声嘶力竭的号手,
那男人吹的号,在巢的边上,
公鸡号手,吹哨和号,停下那短小、

红色的知更鸟,停在你的序曲中,练习
更小的重复。这些事物至少包含
一份职业,一个练习,一项工作,

一个事物最终在它自身,因此,很好:
那广大的重复之一最终
在它们至深之中,因此,很好,那绕圈子

绕啊绕啊绕,仅仅是绕圈子,
最后仅仅绕圈子就是最后的善,

葡萄酒就这样来到林中的一张桌子上。

我们喜欢像人一样,就像一片叶子
在桌子上旋转着它不停地旋转,
于是我们快乐地看着它,看着它,

旋转着它偏心的尺度。也许,
人的英雄并非异常的魔怪,
可是他却是那重复的最大的大师。

十

世俗的胖姑娘,我的夏天,我的夜,
我发现你显异样,看见你在一个
移动的轮廓中,一个变化远未完成,这是为何?

你是熟悉的,却是一个异常。
夫人,我是平民,但在
一棵树下,这无缘无故的感觉要求

我直截了当地称呼你,少费口舌,

检查你的遁词,要求你恪守你自己。
即使如此,当我想到你是强壮还是疲惫,

埋头工作,急切,满足,孤独,
你还是比自然的形象更多一些。你变成
根底肤浅的幻象,悖理的

畸变,尽管芬芳四溢,尽管亲近可人。
那即是:这不只是合理的畸变。
这虚构由感情引起。是的,是这样。

有一天他们会在索邦把它厘清。
我们应在黄昏从那个讲座返回,
很高兴,悖理的即是合理的,

直到在一条镀金的街上被感情拍打,
我称呼你的名字,我的绿色,我的流利的世
 界报。
你将会停止旋转,除非在水晶里。

※ ※ ※

士兵,在心灵和天空之间,
在思想和白昼和夜之间有一场战争。因此
诗人总是在太阳里

在他的房间里把月亮补缀到
他的维吉尔①的抑扬的格调,抑扬,
抑扬。这是一场永无休止的战争。

然而这取决于你自己。两者是同一的。
它们是复合的,一个右一个左,成对的,
两者平行,唯当它们的影子

相交,或在一个兵营的一本书里,
一封来自马来的信里相交。
可那样你的战争就结束了。之后你返回

带着六块肉十二瓶酒或别的,而没有
走进另一个房间……先生和同志,

---

① 维吉尔(前70—前19),古罗马诗人。

这士兵很穷，穷得没有诗人的诗行，

他的微不足道的音节，那声音，不可避免地
抑扬顿挫地，粘在血液中。
以战争对战争，每一个都有它的英雄气概。

虚构的英雄要成为真实的多么简单；
士兵带着符合体统的词语死去多么快乐，
如果他必须死，要么靠诚实的词语的面包过活。

秋天的曙光女神

一

此处是蛇栖息的地方,那无身躯的蛇。
他的头是空气。夜间在他头顶之下
眼睛睁开并在各个天空盯着我们。

抑或这是另一个蠕动出蛋壳的,
在岩穴底部的另一个映像,
另一个由于躯体的蜕皮而成的无身躯?

此处是蛇栖息的地方。这是他的穴,
这些田野,这些小山,这些染色的距离,
以及海之上、沿海和海边的松树。

这是有形囫囵吞下无形，
皮向着求之不得的消失闪光
和无皮的蛇身闪光。

这是顶点的出现及其地基……
这些光最终在午夜的正点
最终抵达一个极点并发现蛇在那里，

在另一个穴，身躯和空气
和形体和映像的迷宫的主人，
牢牢地占有着幸福。

这是他的毒：我们甚至根本
不相信这些。他在蕨类植物中的沉思，
他如此悄无声息地移动以确定太阳，

使我们毫不逊色地确定。我们在他头里看见，
岩石上的黑色串珠，有斑点的动物，
移动的草，印第安人在他的林间空地。

二

向一个主意告别……一间废弃的
小屋立在一个海滩上。它是白的,
似乎因为一种风俗或者根据

一个祖传的主题或是一个无限的
过程的结局。靠在墙上的花
都是白色的,有点枯萎了,一种记号

提醒,试图在提醒,白色的
那就是不同的,是别的什么东西,去年
或更早,不是一个老去的下午的那种白,

无论更新鲜或更呆板,无论是冬天的云
还是冬天的天空,都从地平线到地平线。
风正把沙子吹过地板。

这里,能看见的,都是白色的,
正在成为白色的固体,在一次练习中

一种极端情况的成就……

季节变化。寒风呼啸着海滩。
海滩上条条长长的线变得更长,更空旷,
黑暗聚集,虽然它没有落下

白色在墙上变得越来越不清晰。
行走的人在沙滩上变成了空白。
他观察着北方总是如何把变化扩大,

用它严寒的光辉,它巨大的火焰点燃的
蓝红色燎原之势和喷涌,它的极点的绿,
这冰和火和孤独的色彩。

三

向一个主意告别……母亲的脸,
诗的目的,充满了房间。
这里它们在一起,很温暖,

没有一个告知正在到来的梦幻的先知。

这是傍晚。屋子是傍晚,一半隐没了。
唯有他们永不能拥有的这一半仍在,

在宁静的星光下。他们拥有母亲,
她把透明给予他们现在的平和。
她使这些能够优雅的更加优雅。

然而她也隐没了,她被摧毁。
她给予透明。可是她已经老了。
项链是一种雕刻而不是一个吻。

那双柔软的手是一种活动而不是一种触摸。
屋子将倾圮书籍被焚烧。
他们在心灵的荫庇下怡然自得,

屋子是心灵的而他们和时间,
在一起,完全在一起。北半球的夜
当它靠近他们,看起来像冰雪,

当母亲入睡时靠近母亲
当他们说晚安时,说晚安。楼上

各扇窗子将被照亮,而不是房间。

风把风的尊严扩散到四周
像一把枪托那样撞击着门。
风将用无敌的声音号令他们。

四

向一个主意告别……那些取消,
那些否定绝不是最终的。天父坐在空间,
无论他坐在哪里,都是冷眼关注之处,

就像一个在他眼睛的草丛中显得很强壮。
他对不说不,对是说是。他对不
说是,说是的时候他说的是告别。

他测定变化的速度。
他从天堂跳到天堂比差劲的
天使在火焰中从天堂跳到地狱更快。

可是现在他一整天安然温和地坐着。

他估算着太空的巨大速度，挥动他们
从多云到无云，从无云到碧空如洗，

在眼睛和耳朵的飞行中，那最高的
眼睛和最低的耳朵，那深深的耳朵，在夜晚
分辨着伴随它的事物，直到听到了

它自身的超自然的序曲，
此时当天使们的眼睛界定它的
表演者们，他们正戴着面具组合接近。

大师哦大师，正坐在火炉边
然而是在太空一动不动，然而
是那运动的、永远朗照的，深厚的

起源，然而那国王和王冠，
正盯着这个当下的王座。什么样的组合
戴着面具，能够与赤裸的风一起为它合唱？

五

母亲邀请人性到她的屋子
和桌子。父亲叫来讲故事的人们
和音乐家们,他们对故事沉默良久,沉思良久。

父亲叫来黑女人们跳舞,在孩子们
中间,就像成熟中的舞蹈
它的格调令人惊奇地成熟。

音乐家们为这些制造阴森森的音调,
抓挠他们的乐器的抑扬顿挫之声。
孩子们大笑尖叫了一小会儿。

父亲叫来露天的盛大演出,
剧院的布景,林荫道般狭长的和成片的树林
还有帷幕像一种天真的乔装的睡眠。

在这些布景中音乐家们敲打出本能的诗篇。
父亲叫来他丢弃的羊群,

野蛮人的腔调，流口水的上气不接下气的

喘息，服从他的喇叭的风格。
这于是就成了沙蒂龙①或随你怎么说。
我们站在一个节日的喧闹中。

什么节日？这种吵吵嚷嚷，乱糟糟的闲逛？
这些就医者？这些野兽一样的宾客？
这些音乐家正在一部悲剧上配音，

噼啪，噼啪，这由下列组成：
没有诗行可以吟诵吗？此处无演出。
或者，出演一剧人们只需到场。

六

这是一个剧院，它正飘过云层，
它自身是一片云，虽然是雾蒙蒙的石头的云
山脉像水一样奔流，波涛起伏，

---

① 沙蒂龙，法国地名。

奔流过光的波涛。这是变换的云
再到云的变换，懒懒散散，就像
一个季节色彩的变化那样无穷无尽，

除非变化中的自身过于丰富，
像光把黄色变成金色而金色
变成它的蛋白石的元素和火的轻快，

泼洒了广博的智慧，因为它喜欢宏伟壮观
和宏伟壮观的空间的一本正经的愉悦。
云懒散地流经各种半思索的形状。

剧院挤满了飞翔的鸟，
狂放的裂口，像一座火山的烟雾，棕榈眼一样
　的眼
并消散，一张网在一个走廊

或厚重的门廊。一座国会大厦，
它可能是，正赫然耸现或刚刚
坍塌。收场不得不延期……

这本来没什么,直到它包含在一个单个的人内,
没什么,直到这被命名的事物失去名字
并被摧毁。他打开他烈火熊熊的

屋子的门。一支蜡烛的学者看见
一种北冰洋的光辉在他所在的
一切事物的框架之上闪耀。他感到害怕。

七

是否有一种想象力,它正襟危坐如登基,
其残忍如同其仁慈,既公正
又不公正,它在盛夏之中停止了

对冬天的想象?当树叶凋零,
它会取代它在北方的位置并折叠自己,
山羊般跳跃者,水晶般晶莹明亮,坐在

夜的最高点?这些天空会熠熠生辉
并宣告它,这黑色的白色缔造者,横空出世,

甚至通过熄灭行星，如果是的话，

甚至熄灭地球，甚至把视力熄灭在雪中，
除非为了天空的尊严的必需，
除非为了王冠和钻石的教义？

它跳跃着穿越我们，穿越我们所有的天空，
熄灭我们的行星，一个接着一个，
在我们所在和所见之处，在我们互相

了解和互相思念之处，留下
颤动的残渣，寒气逼人，被弃绝，
除了王冠和神秘莫测的教义。

可是它不敢贸然跃进它自身的黑暗之中。
它必然会从命中注定演变为轻度的空想。
而因此它的横空出世的悲剧，它的墓碑

和形体和悲哀的创生变成发现
某种必定毁灭它的东西，并最终，成为某种可以
比方说，在月亮之下的能说会道的交流。

八

这儿可能总有一个清白的时间。
这儿绝没有一个地点。或者,如果这儿没有时间,
如果它不是一个时间之物,也不是一个地点之物,

仅仅存在于它的一个观念里,
存在于对灾祸的感觉,它并非
不那么真实。对于那些最古老的和最冷峻的先哲,

这儿有一个或可能有一个清白的时间
作为纯粹的本源。它的性质即是它的结局,
它应当这样,然而却不是这样,一种

狠掐怜悯者的怜悯的东西,
像一本书在晚上很美但不真实,
像一本书在早上很美也真实。

它是一种像以太一样的东西,它的存在
几乎像属性一样。但它存在着,

它存在着，它是可见的，它是什么，就是什么。

所以，那么，这些光并非光的一个符咒，
一种来自一片云的说法，但是清白。
一种大地的清白没有虚假的标志

或恶意的符号。我们参与其中，
像儿童一样躺在其神圣性中，
仿佛我们醒着，躺在睡眠的宁静中，

仿佛清白无辜的母亲在房间的幽暗中
唱着，拉着一架手风琴，一半听得见，
创立了时间和地点，我们在其间呼吸……

九

并且互相思念——在工作的
惯用语中，在一片清白的土地的惯用语中，
而不是有罪的噩梦之谜的惯用语。

我们像丹麦人一样整日待在丹麦

并互相十分熟悉,心智强健的本国人,
对于他们,外国人是一周的

另一个日子,比星期日更古怪。我们的思考相仿
那使得我们的兄弟在一个家里,
在这个家里我们靠兄弟关系生活,就像

在一个有教养的蜂窝上那样摄取食物并肥胖。
我们生活的这出戏剧——我们与睡眠如胶似漆。
此种厄运仍在活跃的观念——

那个命定的地点,当她只身来到,
她来时变成了两者的一种自由,
一种孤立状态唯有这两者可以分享。

我们难道要被发现明年春天吊在树上吗?
何种灾难才有这样紧迫的危险:
光秃秃的树枝,光秃秃的树,风像盐一样尖利?

星辰正在佩戴上它们闪闪发光的带子。
它们往肩上披上风衣,那些风衣像一个

巨大的阴影的最后的装饰那样闪亮。

它明天将会来到最简洁的词语中,
几乎是其清白的部分,几乎,
几乎是其最柔和和最真实的部分。

十

一个幸福的人在一个不幸的世界上——
读,拉比,读这一区别的各方面。
一个不幸的人在一个不幸的世界上——

这里有太多镜子照出悲惨。
一个不幸的人在一个幸福的世界上——
这不可能。那儿没有什么让三寸不烂

之舌唠叨的,那发现的尖牙。
一个幸福的人在一个幸福的世界上——
滑稽!一个球,一出歌剧,一根棍。

回到我们开始时在的地方:

一个不幸的人在一个幸福的世界上。
现在,严肃地对待那些秘密的音节。

为今天和明天,给会众读
这种极端情况,
这个多球体幽灵的圈套,

正图谋平衡,以发明的一个整体的、
至关重要的、永不失败的天才,
实现他的冥想,无论大还是小。

在这些不幸中他冥想一个整体,
充满幸运也充满厄运,
仿佛他曾过过所有的生活,因此他可能知道

在丑恶的老妇的大厅,而不是安静的天堂,
对风和天气的争议,借这些
像夏天的秸秆之火焰的光,在冬天的关口。

故事中的插曲

在那个冬日严酷的明亮中
大海被冻成固体而汉斯
在海边他漂泊的火苗边,听出
喧嚣的水和喧嚷的风之间的区别,
那没有明确音节的声音与如此柔和的
呼声、再次如此轻柔的、如此温暖的
呼声之间的区别,没有含义的声音与由泥土
和篱笆组成的、当它升高时的话语之间的区别,
并在它深深地落到心的内核时听见它。
一艘汽船停在他附近,陷在冰里。

如此柔和,如此柔和……汉斯在火边聆听着。
足足有一英尺宽的新星出现
并照耀着。有一个小屋子建在那里。

如此轻柔。风在他们唱的时候闪耀着光芒。这么温暖。
那艘大船,巴莱尼号,被冻结在大海里。
一英尺宽的星星是它的死亡信使
通报它的居住地的严酷的限制。
这些可不是麻木迟钝地区的温吞吞的星星
而是在午夜孤零零的地方最勇猛之星,
它们以凶暴的面目回敬汉斯的注视。

湿淋淋的杂草飞溅,火焰熄灭,严寒像
一个睡眠。那大海正是他梦见的一个海。
然而汉斯清醒地躺着并在蜜蜂
嗡嗡的林间空地孤单单地生活。汽船上的光在移动。
人们可能在黎明时分开始踏上海滩。
他们可能害怕太阳:原因可能是,
害怕那些天空上的乡土天使,
冰的带鳍的蹦跶和喘息,
仿佛在水里的什么东西奋力想说出
中断的记忆里的破碎的方言。

太阳可能会升起,也可能不会,如果它
升起,惨白和红色和黄色,每一种

都不透光，它们在橙色的小环里，比从前
任何时候都离得更近，再也认不出来了，
没有了那些能把熟悉的带回来的大多数因素，
但正是这光把它彻底摧毁
或不在任何一种天文学中的一种运动，
超出了感觉的习惯，无政府状态
烈火熊熊——它可能在，可能不在那种
哥特式的蓝色中，全速加快它那些不祥之兆的终结。

它可能变成一个轮子，辐条有红白
交替的条纹，聚集在线状的火焰的
一个尖端，第二个轮子在下面，
刚刚在伴随着上升，被安排通过翻滚的
照耀，跨过惊涛骇浪的山峰，
落下去，去往漂泊的火焰的海滩。
它可能从混沌而来，背负着
污迹斑斑、烟熏火燎的门第，沉醉于浅薄的势力，
挖苦着大气圈里的各色映像，
被包围被阻挡，眼睛被握在他们手里，

而无作为的邪念的作为：

几个轻微的姿势就能撕裂赫然的冰层，
或把大角星熔化成滴滴答答的铸锭，
或把夜泼洒进光辉灿烂的无形之中，
让黑暗的旋涡进入光的旋风之中……
水的潺潺淙淙，风的词语，
心灵的玻璃样闪烁的
颗粒——他们很快就会爬下船的侧舷。
他们将以单列纵队行进，打着电灯，
警惕脚下潮汐的涨落。

大瀑布的孤独

他从未有两次觉得这条斑斑点点的河是一样的,
它总是在流淌,从未有两次流淌得一样,它流过

很多地方,似乎它静静地停在一处,
固定不动,像一个湖,湖面上有野鸭戏水,

弄皱了它平常的镜像,那沉思状的残丘。
那里好像还有一个撇号没有说出来。

还有这么多是真实的,这么多是完全不真实的。
他一遍一遍地想感觉那种相同的流淌。

他想要那条河继续以相同的样子流淌,
永远流淌下去。他想要在河边散步,

在梧桐树下，在一个钉得牢牢的月亮下。
他想要他的心停止跳动，他的心思停在

一种永恒的知晓的状态，没有任何的野鸭，
山也不再是山，只要知道它如何成为山，

只要知道它如何感觉，免于毁灭，
成为一个青铜人在古老的青金石下呼吸，

没有行星经过又经过引起的振荡，
在时代的蓝色的中心呼吸他的青铜的呼吸。

终极的诗是抽象的

这一天纠结什么？讲座《论我们
这个美丽的世界》的主讲人创作他自己
还哼哼着这行星的玫瑰，哈哈着它的成熟，

还有红，还有正。这特定的问题——
对特定的问题作特定的回答
是不恰当的——这问题是恰当的。

如果这一天纠结，它纠结的不是启示。
一个人不断提出问题。于是，那是各种
类型之一。这么说的时候，这平静的空间

被改变。它不像我们想象得那样蓝。要它蓝，
那就必须没有问题。这是一种一圈圈地

绕圈子并且东躲西藏的智力,

在种种错误的倾斜度和距离中纠结,
而不是我们在其中敏捷如飞的智力:瞬间
展现在空间的任何地方,云端

通讯。如果我们曾经,仅仅一次,在正中,
固定于《我们这个美丽的世界》,
而不像现在,无可奈何地待在边缘,

那就足够了,那就足以
实现,因为在正中,如果仅仅在感觉上,
在那个巨大的感觉上,只是享有。

阳光下的玫瑰花束

据说这是一种天然的效果,多种黑色的红,
粉红的黄,橙色的白,太多了,就像东西
在房间里的阳光下都会变成任何别的东西一样,

太多了,就像在隐喻中它们也都会改变,
太真实了,东西在变成真实之中
使任何对它们的想象都远不如它们。

然而,这个效果却是我们体验方式的
结果,因此,它是不真实的,除非
它在我们的感觉之中,我们感觉到最丰厚的红,

感觉到黄是第一色彩,更有白,
感觉在它们之中默默躺下,就像一个人躺在

他的真理的完成之中，无与伦比。

我们对这些东西的感觉改变了，东西改变了，
不是在隐喻中改变，而是在我们对它们的
感觉中。所以感觉胜过所有的隐喻。

它胜过光的剧烈变化。
它就像一股含义的流水，没有语言，
而含义就像人流一样川流不息。

我们两个，当我们看到这些玫瑰
就会利用它们。正因为此，才使
修辞学者们只能远远地向它们发感慨。

阳光下的女人

唯有这多情这姿态像
一个女人的多情和姿态。

在天空中绝无任何影像
也没有一种形式的开始和结束：

它是空的。可是一个女人身着无丝无线的金衣
用她服装的碎碎屑屑和存在的

一种一盘散沙的丰裕燃烧我们，
比她的身份更明确——

因为她是脱离了肉体的，
携带着夏天田野的气息，

透露了那种沉默寡言然而冷淡的，
不可见的清澈，这唯一的爱。

没有什么特别之处的世界

白天是了不起的，强大的——
可是他的父亲曾经很强大，现在躺在
泥土的贫穷之中。

没有什么能比得上月亮
向黑夜移动时更阒然无声。
可是他的母亲的身份却回到了他心口上并喊叫。

圆叶红色的成熟散发
浓浓的红色夏天的芳香。
可是他爱着的她却在他的轻触中变冷。

地球被证明是公正的，它是
完整的，它是一个结束，

在它自身是充足的,这有什么好处吗?

这是因为地球本身即是人类……
他是非人的儿子,而她,
她是命运多舛的母亲,他对她并不了解。

她是白天,月亮在无呼吸的
芳香中散步,有时候,
他,也是人并且区别不见了

泥土的贫穷,压在他心口之物,
那讨厌的女人,这无意义的地方,
成为一个单一的存在,确定且真实。

魔法少女球菌

夏天的每一根线最终都没有织布。
一条毛虫吞噬了伟大的非洲
而直布罗陀溶解了就像风中的唾沫。

但在风之上,在它的呼啸的神话之上,
屋顶上的大象和它巨大的吼叫,
夜间园子里嗜血的狮子或准备好

从云端跃入战栗的树林中
大嚼一番,越过一个浩瀚大海的
几个水坑,用宽广的嗓子宣称,

像一个喇叭在所有这些强大的想象的
凯旋之上,并说,在这个记忆的季节,

当树叶凋零就像过去那些哀恸的往事,

在内心保持宁静,哦野女人。哦心灵
变得粗野,做那个他让你做的吧:魔法少女。
在整块窗玻璃上写上"平安"。然后

保持沉默。在高处的总结开始了……
火焰,声音,愤怒在谱曲……听他在说什么呢,
这无所畏惧的大师,他开始讲人类的故事。

所见如所思

十二点,下午的衰微
开始,回到幻影般的状态,即使
不回到幻影本身。在此前,是另一番景象:

一个人想象紫罗兰树但紫罗兰树都挺拔葱郁,
在十二点,它们葱郁得一如既往。
天空蓝得任何顶天的诗句都无法描绘。

十二点意味着很多:正常时间的结束,
正直,干劲冲天而毫无怨言,
至高无上的顶点,夸夸其谈绝迹,

十二点和第一灰色第二跟随,一种
紫罗兰的灰,一种绿的紫罗兰,一根线

要织一个影子的腿或袖子,在人行道上的

一个涂鸦,一页雄心壮志的纸的右上角
卷了边,一座金字塔的一边
就像一个鬼魅切入了它的理解力,一个倾泻

以及它的黄褐色的讽刺漫画和黄褐色的生活,
另一种想法,那至高的忙乱……
所以,我们所思绝不是我们所见。

问题即言辞

在夏天的杂草中来了这个绿色的萌芽"为什么"。
太阳疼痛微恙于是回到"喂",它位于成年的婴儿村庄①
之间的地平线上。

它的火焰不能再撕碎注视它的视线,
不能再摧毁古董的承兑,
除了孙子看见它就是那样的东西,

彼得,这先知,说,"母亲,那是什么——"
对象带着这么多花式的修辞出现,
但并不为他。他的问题是完整的。

---

① 婴儿村庄,原文为 enfantillages,作者可能是把 enfant(婴儿)和 village(村庄)合并起来组成一个词,这里译为"婴儿村庄"。注意"成年的婴儿村庄"和下文的"幼年的老人"。

这是有关他能做什么的问题。
这是极端的,专家年方两岁。
他绝不会骑她跟他说过的那匹红马。

他的问题是完整的因为它含有
他的极限声明。这是他自己的盛装,
他自己的盛典和游行和表演,

只要乌有允许……听他。
他没有说,"母亲,我的母亲,你是谁?"
这是昏昏欲睡、幼年的老人做的事。

事物的常识

叶子落下之后，我们便返回
事物的一个常识。似乎我们
已经到了想象力的一种终结，
在一个死气沉沉的救助中无所作为。

甚至都很难为这空空的
寒冷选择形容词，这种无缘无故的哀伤。
那宏大的结构已经变成了一间小屋。
没有头巾走过减小了的地板。

温室从未如此破败得急需油漆。
烟囱已经五十年了，向一边歪斜。
想入非非的努力落空了，在人和
苍蝇的反反复复中的一种重复。

然而想象力的缺失使其
自身被想象。那个大池塘，
它的常识，没有映照，叶子，
淤泥，水像脏玻璃，表达着

一种勉强的沉默，一只老鼠出来看的沉默，
那个大池塘和它残败的荷花，所有这些
应该被想象为一种不可避免的知识，
必要的知识，因为一种必要性要求。

生活的智慧玩具

下午,阳光衰落下去,
越来越弱。自豪和强壮
离去了。

剩下的都是些未造就的,
那最后的人,
一个衰弱的星球的土著人。

他们的贫困是一种贫困
那是一种光线的贫困,
一种悬挂在线上的星光的苍白。

一点一点地,秋天的
空间的贫穷变成了

一种目光,说出的几个词语。

每个人都以他的身份和
他的形象完完全全地感动我们,
在湮灭的陈旧的崇高中。

可能之事的序曲

一

有一种悠闲的心情就像孤单单地在大海上的一只船,
它被波浪推着前行,波浪像桨手闪闪发光的背,
紧紧地握住桨,仿佛他们确定这条水道去往目的地,
他们弯腰弓背,在木头的桨柄上把自己拉得直立起来,
全身湿淋淋的,在整齐划一的动作中闪光。

这艘船由失去了重量的石头制造,不再沉重,
给它们留下的仅有一种鲜亮的色彩,起源不同寻常,
因此,正站在船上俯身观看前方的他
并不像某个航行中的人那样出自熟悉并远离熟悉。
他属于他的船只遥远陌生的驶离并是它的一部分,
是船头上的火镜的一部分,它的标志,不论它是什么,

是玻璃一样的船舷的一部分,船在它们之上滑过盐斑
  点点的水面,
当他独自航行,像一个人被无任何意义的一个音节引
  诱前行,
他感觉到的这个音节,有一种指定的确信,
它包含有一种他想要抵达的含义,
一个含义,当他抵达时,会瓦解这艘船而留下桨手们
  无声无息,
如同在中心抵达一个点,一个瞬间,或长或短,
离开任何岸边,任何男人或女人,一个也不需要。

二

这隐喻激起了他的恐惧。将他用作比喻的那个物体
超出了他的认知。通过此他懂得他的相像仅有
一点点扩展的余地,无法超出,除非在他本人
与超越相像的事物之间有这个和那个有意被认知,
这个和那个在各种假设的封闭中,
对此人们在夏天,当他们半睡半醒时进行揣测。

例如,他包含的何种自我尚未被释放,

当他的注意力分散时他内心咆哮着要发现,
仿佛他所有的遗传的光通过色彩的进入
都突然地增长了,一种新的未被察觉的轻微抖动,
那最小的灯,加上它有力的照射,对此他给予了
一个名字以及对他的平凡琐事的特权——

一个加在真实的事物及其词汇上的照射,
正如某个首要的事物进入北方的树林
是给它们加上了南方的完整词汇,
正如在春天,傍晚天空中最早的一缕单独的光,
通过加上它自身从一无所有中创造了一个生机盎然的
　宇宙,
正如一个目光和一个触摸揭示了它意料之外的宏大。

固定和弦之歌

鸽子叫咕咕,
像个贵族把痛苦安抚,
还要安抚爱情和痛苦,
一个冰雹后的彩虹,
致意这个晨空。

她赖在屋顶上,
翅膀有点湿,心里有悲伤,
她在那里咕咕叫,
在各个太阳之间轻声吹口哨,
它们平常的光芒闪耀。

五的太阳,六的太阳,
它们都平平常常,

还有七的平平常常,
她都习以为常,
仿佛天生就这样,

不屈从于变化……
日子不可见的创始者,
爱的贵族,痛苦安抚者,
正在屋顶上躺着,
内心有很多所得。

世界即是沉思

我花太多的时间工作,带着我的小提琴
去旅行。但作曲家的主要训练——
冥想——没有什么能把我悬挂……
我是一个永远的梦想,
不论白天还是黑夜。

乔治·埃内斯库①

那是尤利西斯②正从东方而来吗?
这个永无止境的冒险家。树木已被修剪。

---

① 乔治·埃内斯库(1881—1955),罗马尼亚作曲家、小提琴家、钢琴家和教师。
② 尤利西斯,古希腊悲剧《奥德赛》中的主人公奥德修斯的拉丁文写法。

冬天被荡涤而去。有人正在天边

移动并且把自己高高地升起。
一团烈火正向珀涅罗珀的寿衣布料①逼近,
她艰难竭蹶的存在唤醒了这个她居住的世界。

她编织一个自我已太久,她要以此来迎接他,
她想象着,他的自我作为她的伴侣
两个人在一个根深蒂固的居室,朋友和亲爱的朋友。

树木已经修剪整齐,作为在神性的沉思中
一种必需的练习,比她自己的大得多。
没有风像狗一样在夜间监视她。

她什么也不想要,他孑然一身什么也不能带来。
她不想要任何迷人的东西。他的双肩就是她的项链
和她的腰带,他们共同渴望的最终极的财富。

---

① 珀涅罗珀的寿衣布料,珀涅罗珀是奥德修斯的妻子,因为丈夫参加特洛伊远征二十年,她被当地的恶势力逼迫与人成婚,但她借口要为死去的公公织寿衣布料拖延时间,一直等到奥德修斯返回。

可那真的是尤利西斯吗？或许那仅仅是太阳落在
她枕头上的温暖吗？这个念头像她的心一样不停地
　搏动。
这两者不停地在一起搏动。那只在白天。

那是尤利西斯，那不是。然而他们已经面对，
朋友和亲爱的朋友以及一颗行星的鼓励。
她内心狂暴的力量从未消退。

当她梳理自己的秀发时她会对自己说点什么，
用舒缓的声音重复他的名字，
永不忘记他正在到来，离得越来越近。

长而迟钝的线条

差别竟这么小,在比七十岁老得多的
时候,一个人在那里看,一个人从前曾在那里。

林火的烟从树木中间升起,被上升的气流
裹挟,旋转着消失。可它常常就是这样。

那些树木有一个外观,似乎它们有些忧伤的名字
不停地一遍遍说着同一件,同一件事情,

在一种喧嚣中,因为一种对立,一个矛盾,
使它们怒火中烧并使它们想要把它驳倒。

什么对立?会不会是那个黄色的补丁,在一间
屋子的一侧,使人们认为那间屋子在笑;

或者是这些——初始——发行人的前人物：首次飞行，
在悲剧的布景中一个喜剧公主，

连翘的天真稚气，信仰的一个片段，
赤裸木兰的鬼魅和作品？

……游荡者，这是二月的史前史。
心灵中的诗生活还没有开始。

当那些树木是水晶的时候你还没有出生，
你现在也没出生，在一个睡梦里的这个清醒之中。

宁静平常的生活

当他坐着当他思考,他的地方不在
他构造的任何事物之中,它如此脆弱,
光照如此惨淡,如此被阴霾覆盖和空无,

就像一个世界,比如,在雪中的世界,
他成为一个居民,对出自寒冷的
种种豪迈的概念毕恭毕敬。

它在这儿。这是年的设置和年的
时间。在他的屋子里在他的房间里,
在他的椅子上,最宁静的思想向巅峰成长

而最陈旧的最温暖的心被
出自夜的种种豪迈的概念切开——

二者都迟暮而孤单，在蟋蟀的和鸣之上，

唠叨，每一个，其声音都独一无二。
任何卓绝的形式中都没有暴烈。
可他的真实的蜡烛却发出虚构的光芒。

深藏情人的最后独白

点亮傍晚的第一束光,就像在一个我们
休息的房间里,出于小的理由,思考
这想象的世界是终极的美好。

因此,这是最紧张的约会地。
正是在这样的想法中我们采集我们自己,
出自所有的漠不关心,进入一个事物:

因为我们穷,在一个单一的物件中,
在单单一条围巾中,紧紧包裹我们,一种温暖,
一种光明,一种力量,那非凡的影响。

我们现在这儿忘记彼此和我们自己。
我们感觉到一种秩序的晦暗,一个整体,

一种知识,它安排了这约会地,

在这个命运攸关的边界内,在心灵中。
我们说上帝和想象是同一的……
那照亮黑暗的最高的蜡烛是多么高啊。

出自这同样的光明,出自这内心的中心,
我们在傍晚的天空中做一个居所,
在这个居所中在一起足矣。

石 头

一、七十年之后

这是一种幻觉,仿佛我们一直曾活着,
住在母亲们的屋子里,安排我们自己,
在一种天空的自由之中天马行空。

尊重七十年前的自由。
这不再是天空。屋子都还在,
但它们已僵化在僵化的空无之中。

就连我们的影子,他们的影子,也荡然无存。
这些活在心灵中的生命都已到尽头。
它们过去从未……吉他之声

过去不在今也不在。荒唐可笑。说过的话语
过去不在今也不在。这不会有人相信。
正午在田野边的会面简直像

一项发明,一个绝望的土疙瘩与另一个
想入非非之中的意识的一次拥抱,
在一个有关博爱的古怪论调中:

一个定理建议在两者之间——
在太阳的一个属性中的两个人物,
在太阳为自身幸福的设计中,

仿佛在乌有中包含了一种职业,
一种命运攸关的假设,一种非永久性
在其永久的寒冷中,一个幻觉如此渴望

绿叶曾飘来盖住高高的石头,
丁香花到来并盛开,像盲人重见天日,
声称视觉敞亮,就像天生的视觉

一样心满意足。那盛开和芳香

那时正活着,一种连续性正活着,
一种特别的存在,那个总的宇宙。

二、诗篇即偶像

用叶子盖住石头是不够的。
我们必须通过矫正大地或矫正
我们自己来矫正它,那也等同于矫正

大地,一种超越健忘的矫正。
然而那些叶子,如果它们突然萌发幼芽,
如果它们突然开花,如果它们结果,

而如果我们吃它们新鲜的淘汰的
初露的色彩,可能就矫正了大地。
这些叶子的虚构是诗篇的

偶像,被赐福的形象表达,
而这偶像是人。春天串珠的花冠,
夏天巨大的花环,时代的秋天的束发带,

它的太阳的拷贝,这些覆盖着那石头。
这些叶子即是诗篇,那偶像和那人。
这些都是大地和我们自身的一次矫正,

在本质上没有任何其他的东西。
它们发芽开花结果它们没有变化。
它们远不止是盖住光秃秃石头的叶子。

它们萌发最白的眼睛,苍白的嫩芽,
多次引发的感觉中的很多新感觉,
抵达多个距离的末端的欲望,

加快的身体和扎根的心灵。
它们开花就像一个人在爱,就像他生活在爱中。
它们结它们的果实因此一年被知晓,

仿佛它的理解就是棕色的果皮,
它的果肉中的蜜,那最后的发现,
年的富足和世界的富足。

在这富足中,诗篇使石头,这种

混合的运动和这种影像有意义，
因此它的光秃秃变成一千件事物

并因此不再存在。这是叶子的
矫正以及大地的和我们自身的矫正。
他的话语即是那偶像也是那人。

三、石头在夜的赞美诗中的形式

这石头是人的生命的灰色特质，
这宝石他正是从这上面升起，并且，嚯，
这一步走向他的下降的更幽暗的深度……

这石头是天空的苛严的特质，
一个接一个的行星的镜子，
可是通过人的眼睛，它们默不作声的叙事诗，

绿松石这石头，在可怕的夜晚发出
明亮的红光，牢牢地盯住可怖的种种噩梦；
升起一半的白昼难以实现的正直。

"蓝色花诗丛"总书目

(按作者出生年月先后排序)

你是黄昏的牧人	[古希腊]萨　福	罗　洛 译
天真的预言	[英]布莱克	黄雨石 等译
狄奥提玛	[德]荷尔德林	王佐良 译
致艾尔薇拉	[法]拉马丁	张秋红 译
城与海	[美]朗费罗	荒　芜 译
请你记住	[法]缪　塞	宗　璞 等译
浪漫主义的夕阳	[法]波德莱尔	欧　凡 译
这无穷尽的平原的沉寂	[法]魏尔伦	罗　洛 译
新月集·飞鸟集	[印度]泰戈尔	邹仲之 译
东西谣曲	[英]吉卜林	黎　幺 译
未走之路	[美]弗罗斯特	曹明伦 译
裂枝的嘎鸣	[德]赫尔曼·黑塞	欧　凡 译
注视一只黑鸟的十三种方式	[美]史蒂文斯	王佐良 译
沙与沫	[黎巴嫩]纪伯伦	绿　原 译
重返伊甸园	[英]劳伦斯	毕冰宾 译

荒　原	[英]T. S. 艾略特	赵萝蕤 等译
小小的死亡之歌	[西班牙]洛尔迦	戴望舒 译
不要温顺地走进那个良宵	[英]狄兰·托马斯	海　岸 译

（待续）

这石头是整体的居处，
它的力量和尺度，是邻近的，A 点
在一个从 B 点重新开始的

视野中：芒果皮的根源。
安宁必定要在这石头上印证
它的安宁自身，种种事物的主体，那心灵，

人类的起点及其终结，
空间自身也包含其中，通往
封闭的大门，白昼，万千事物被白昼，夜晚

以及夜晚所照明之物照明，
夜晚及其午夜散发薄荷的香味，
这石头的夜的赞美诗，如在一个香甜的睡眠中。

并非有关事物的想法而是事物本身

在冬天最早的末尾,
在三月,外面传来一声瘦弱的叫声
听起来像他内心里的一个声音。

他知道他听到了那个声音,
一只鸟的叫声,在黎明或之前,
在三月初的风中。

六点钟太阳正在升起,
不再是雪地上空遭受重创的那副神气……
它本来是在外面。

它不是来自睡眠的褪色纸浆的
浩大的腹部发声……

太阳正从外面而来。

那个瘦弱的叫声——那是
一个领唱人他的 C 调先于合唱团。
它是那巨大的太阳的一部分,

被它的层层合唱圈环绕,
仍然遥远。它就像
现实的一种新的认知。

当你离开房间

你说话。你说:今天的主角不是
一个从标本柜里出来的骷髅。也不是我。

那首有关菠萝的诗,一首
有关从未满足的心灵的诗,

一首有关那位可信的英雄的诗,一首
有关夏天的诗,都不是骷髅们考虑的。

我怀疑,我是不是过着一种骷髅的生活,
作为现实的一个不信奉者,

作为一个浑身骨头的乡下人在人世间?
现在这儿,我过去遗忘的雪变成了

一个主要现实的一部分,一个现实的
一种赞许的一部分,

并因此是一种跃升,仿佛我带着
某些我能够触及,用各种方式触及的东西离开了。

然而什么也没有改变,除了那
不真实的以外,似乎一切都没有改变。

病　人

黑色人的乐队似乎都在空中漂移，
在南方，成千上万的黑色人的乐队，
在夜里表演口琴，或现在，演奏吉他。

这儿在北方，最近最近，有很多人的歌声
合唱的歌声，没有歌词地唱，悠远而深沉，
各漂流的合唱团，声音悠久地起伏和转折。

而在一个房间的一张床上，孤零零的一个听者
等待着那些漂移的乐队的音乐的协调
和渐渐隐没的合唱，等待着它并想象着

在冬天的词语中这两者会聚在一起，
在远处房间的天花板上，他正躺在那上面，

这听者,聆听着那些阴影,看着它们,

从他自身中选择,从他内部的一切中选择,
选出他本人寂静、热烈欢呼的言语,热烈的,热烈的欢呼,
那些平和的、赐福的词语,韵律协调,歌唱动听,演讲感人。

一个细节的过程

今天叶子们喊叫,挂在树枝上任由风吹扫,
然而冬的一无所有又少了一点点。
它仍然充满冰的暗影和成形的雪。

叶子们喊叫……一个人远离着,仅听见那喊叫。
那是一种匆忙的喊叫,与另外的某个人有关。
即使有人说有人是一切的一部分,

但仍有一个冲突,有一种相关的抵抗;
成为一部分是一种且行且弱的努力:
一个人感觉到那给予生命者的生命即是如此。

叶子们喊叫。那并不是一种引起神的关注的喊叫,
也不是趾高气扬的英雄们的腾云驾雾,不是人的喊叫。

那是不能超越它们自身的叶子的喊叫,

因为幻想曲缺位,没有更多的含义,与它们在耳朵
最终的发现物相比,与事情本身相比,
于是,最终,那喊叫与一切都毫无关系。

春天的鸽子

沉思者,沉思者,深深地沉在它的墙下——
一只鸽子轻轻地哀号
制造了什么小东西在那里,

小东西和小暗影,它就在
那里并且就在
那里创立。鸽子在那里

制造这个轻轻的哀号,
像一个想法在那里嚎叫
或像一个人总在搜寻他的个性

在那里它存在它创立……它哀号
一丛外在的灌木那惊人的大小,还有

它疑惑的惊人的痛苦,

哀号那银色的条纹
那细条像裂缝横跨一个空旷,一个地方
还有它宽敞和光亮的状况。

在太阳面前有这个噗噗冒泡,
这个在一只耳朵旁哀号,
对日光它太远,对睡眠它太近。

不带吉他的告别

春天明亮的天堂已至于此。
现在千千万万绿叶的绿已经落到了地上。
再见,我的日子。

千千万万红叶的红
在秋天的终点站
来到了这雷霆般的光照中——

一个西班牙式的风暴,
一个广阔的,仍是阿拉贡①的风暴,
风暴中马儿走回家,没有一个骑手,

---

① 阿拉贡,西班牙的一个地名。

头低着。这些反射和重复，
那个骑手，他新鲜的感觉的击打
和搏斗，他过去是，

像玻璃和太阳，现在是，
男性的现实以及别人的和她的
欲望的一种最终建构。

一个儿童在自己的生命中熟睡

在那些你认识的老人中,
有一个叫不出名字,在沉重的思索中
他沉思着所有其余的。

他们什么也不是,除了在这宇宙中
那个单独的心灵。他表面上对他
尊重,内心里对他一清二楚,

唯一的皇帝,知道他们是谁,
很遥远,但又近得会在今夜
唤醒你的床上方的和弦。

两封信

一、一封信来自

即使在每一个云端都曾有一弯
新月高悬在各天堂之上,
用各种水晶的光浸透夜晚,

有人仍然想要更多——更多——更多——
想要回到某些真实的内心深处,
违背人的自我的一个家,一个暗处,

一种悠闲自得,在其中度过一种短暂的生活,
那种短暂生活的爱和财富,
摆脱所有别的一切,脱离一切内心杂念。

它可能就像点亮一支蜡烛,
就像倚坐桌旁,闭上双眼,
听一个特别想听的故事,

似乎我们重又坐在一起
我们中的一个讲述着而我们大家都相信
我们听到的,那光,虽然小,却已足够。

二、一封信寄往

她想要一个假日
与某个人说说她的悦耳的本地方言,

在一片林子的阴凉之中……
阴凉,林子……还有他们两个在聊天,

用一种私密的词语
在一个私密的地点畅谈,

不与爱有什么关联。
一片土地在那一天把她拥在怀抱里

或某种像一片土地那样的东西。
那个圈子将不再被打破而是封闭。

远离一切的距离
将会终结。一切将在一起。

现实是大多数八月想象的一种活动

上个星期五,在上个星期五的大光明中,
我们开车从康沃尔去往哈特福德,很晚。

那不是一个夜里在维也纳或威尼斯的
一家玻璃厂里吹玻璃,一动不动,积攒岁月和
　灰尘。

在西行的昏星的前方,在一个磨削的旋绕中,
有一种压榨的力量,

那光荣之力,静脉中的闪光,

当物体出现,运动并且被消融,

无论在远处,在变化或绝对乌有,
夏夜的各种可见的变形,

一个银色的抽象接近的形式
突如其来把自身抛弃。

有一种固体的非固体的波涛汹涌,
夜的月光之湖既不是水也不是空气。

本地的物件

他知道他是一个没有门厅的精灵,
于是,以这种认知,本地的物件就变得
比家里最贵重的物件更贵重:

一个没有门厅的世界的本地物件,
没有记忆中的过去,没有一个当前的过去,
或者一个当前的未来,在当前的期待中期待着,

物件不作为理所当然之物呈现
在各天堂的或暗或明的那一面,
在那个圈子里它自己的物件如此之少。

物体极少为他而存在,但那极少的物体
却总有一个清新的名字出现,仿佛

他想要制造它们，使它们免于消失，

那少许事物，那洞察力的对象，情感的
凝聚，那些自愿而来的事物，
他欲求却并不十分想要了解它们，

即那些经典的、美丽的时刻。
这些就是他过去一直在接近的宁静安详，
像朝着一个超越浪漫的绝对门厅不断靠近。

人造的人口

他搜寻的那个中心是内心的一种状态,
无非像坏天气变得晴空万里——
哦,不止于此,像坏天气,当它变好了
而两极仍维持原状,

于是东方和西方相拥抱
以便形成那些适宜天气的人。
玫瑰色的男人和玫瑰女人,
精于成为他们被制造成的样子。

这个人造的人口就像
内心疾病的一个愈合点:
像天使们靠在一座生锈的尖塔上
或一棵树上多张有叶子的面孔上的一块蜜饯——

一种健康——以及一个夏夜里的张张面孔。
如此,也有适宜风的人的各个种族的
一种健康,适宜风,因为它更深了,还有晚睡,
以及天长地久的音乐。

晴朗的天和无记忆

景色中没有士兵,
人的思想没有现在死的,
当他们在五十年前:
年轻并生活在充满活力的气氛中,
年轻并行走在阳光下,
身着蓝色的衣服弯腰去触摸什么——
今天心情与天气无关。

今天碧空如洗。
它没有认知除了空无
它从我们上面流过没有含义,
仿佛我们无一从前曾在此,
现在也不在此:在这个肤浅的场景中,
这个不可见的活动,这个感觉。

七月山

我们生活在一个傻瓜的
星座和厄运的星座,
不在一个单一的世界,
在音乐中,在钢琴上,
在话语里,据说诸事皆顺利,
如同在一页诗中——
在一个总是在开始的宇宙中,
思想家们没有最终的思想,
那方式就像,当我们爬山时,
佛蒙特州匆匆把自己拼凑起来。

仅仅是存在的

那棵棕榈树在心灵的末端，
远离那最后的想法，在青铜的
装饰中升起，

一只金羽毛的鸟
在那棵棕榈树上鸣唱，没有人的含义，
没有人的情感，一首陌生的歌。

于是你知道那不是让我们
幸福或悲伤的理由。
那只鸟鸣唱。它的羽毛闪耀。

那棵棕榈树立在空间的边缘。
清风徐徐吹过树枝。
那只鸟火焰一样的羽毛垂荡。